金庸武俠史記
〈書劍編〉〈碧血編〉
探尋金庸的修訂心路
心一堂 金庸學研究叢書 金庸版本的奇妙世界系列
Sūnyatā

書名：金庸武俠史記〈書劍編〉〈碧血編〉——探尋金庸的修訂心路
系列：心一堂 金庸學研究叢書
作者：辛先軍
執行編輯：心一堂金庸學研究叢書編輯室
封面設計：陳劍聰

出版：心一堂有限公司
通訊地址：香港九龍旺角彌敦道610號荷李活商業中心十八樓05-06室
深港讀者服務中心：中國深圳市羅湖區立新路六號羅湖商業大廈負一層008室
電話號碼：(852) 67150840
網址：publish.sunyata.cc
電郵：sunyatabook@gmail.com
網店：http://book.sunyata.cc
淘宝店地址：https://shop210782774.taobao.com
微店地址：https://weidian.com/s/1212826297
臉書：https://www.facebook.com/sunyatabook
讀者論壇：http://bbs.sunyata.cc

版次：二零一九年四月初版

平裝

定價：港幣　一百二十八元正
　　新台幣　四百九十八元正

國際書號　978-988-8582-58-7

香港發行：香港聯合書刊物流有限公司
香港新界大埔汀麗路36號中華商務印刷大廈3樓
電話號碼：(852)2150-2100　傳真號碼：(852)2407-3062
電郵：info@suplogistics.com.hk

台灣發行：秀威資訊科技股份有限公司
地址：台灣台北市內湖區瑞光路七十六巷六十五號一樓
電話號碼：+886-2-2796-3638　傳真號碼：+886-2-2796-1377
網絡書店：www.bodbooks.com.tw
台灣秀威書店讀者服務中心：
地址：台灣台北市中山區松江路二0九號1樓
電話號碼：+886-2-2518-0207
傳真號碼：+886-2-2518-0778
網址：www.govbooks.com.tw

中國大陸發行 零售：深圳心一堂文化傳播有限公司
地址：深圳市羅湖區立新路六號羅湖商業大廈負一層008室
電話號碼：(86)0755-82224934

心一堂微店二維碼

心一堂淘寶店二維碼

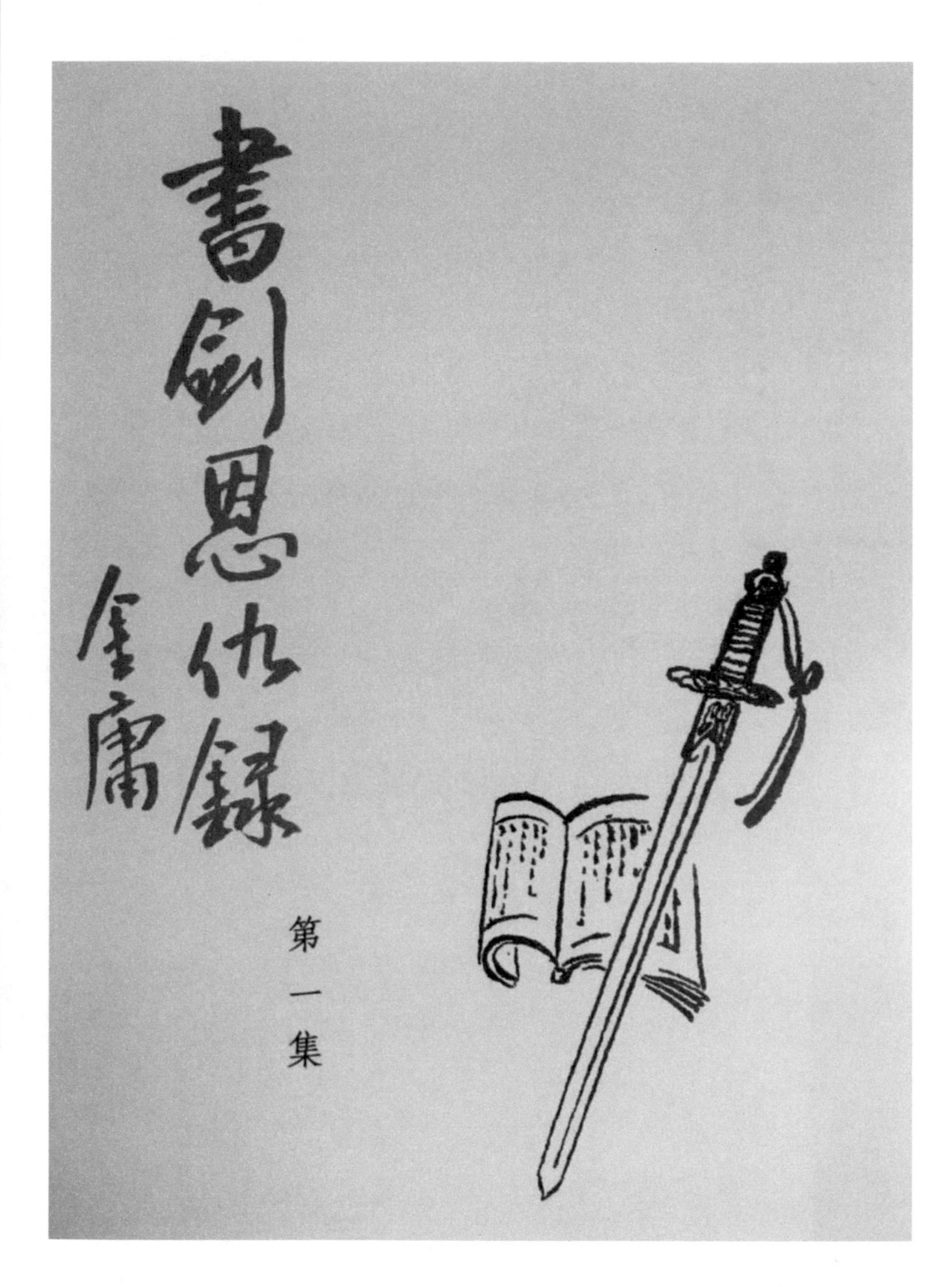

《書劍恩仇錄》連載結集版，1956年3月初版，香港三育圖書文具公司出版發行。

《碧血劍》連載結集版，1959年7月由香港三育圖書文具公司出版發行，封面青年袁承志。

一九五五年三月十四日　星期一

三、鐵膽莊

前文提要：維吾某部的手抄聖經被清廷派人搶去，霍青桐得李沅芷之助，從鎮遠鏢局鏢師處奪回，豈知有所謂張大人者，武功驚人，又將可蘭經截去。

張大人見李沅芷出手也是武當長拳，「噫」了一聲，待她「倒騎龍」變勢反擊，不閃不避，一側身，也是一個「倒騎龍」一拳揮去。同樣的拳法，卻有功力之分，李沅芷和敵人拳對拳一碰，只覺手臂一陣酸麻，疼痛難當，腳步一蹌踉，向左跳開，險些跌倒。霍青桐見李沅芷遇險，不顧傷敵，先救同伴，跳到李沅芷身旁，伸左手將她挽住，右手挺劍指着張大人，防他過來攻擊。

那人高聲道：「喂，你這孩子，我問你，你師父姓馬還是姓陸？」李沅芷心想：「我師父明明姓陸，可是我偏要騙騙他。」就道：「我師父姓馬，你怎麼知道的？」那人道：「你見了師叔還不磕頭麼？」說罷哈哈一笑。霍青桐見他們敘起師門之誼來，自己與李沅芷毫無交情，眼見聖經是拿不回來了，一頓腳縱出一丈多地去，飛身走了。

李沅芷見霍青桐一走，忙去追她，追了幾十步，正巧烏雲掩月，一片漆黑，空中打了幾個悶雷，心中一嚇，不敢再追，回來已不見了那個張大人。待得跳牆進去，身上已落滿幾滴雨點，剛進房，大雨已傾盆而下。

這一場雨驟驟下了一夜，到天明兀自未停，李沅芷梳洗之後，見窗外雨勢越來越大，服侍李太太的僮婢進來道，「曾參將說雨太大，今兒走不成了。」吃過早點，李沅芷忙到師父房裏，把昨晚的事一說，問他是怎麼一回事。陸菲青雙眉皺起，好像心事重重，只道，「你不說是我徒弟，那很好。」李沅芷見師父臉色嚴重，也就不敢多問。

那個所謂張大人，正是陸菲青的師弟張召重，江湖綠林中有一句話道，「寧碰閻王，莫碰老王，寧挨三槍，莫遇一張。」老王是指威鎮河朔王維揚，一張就是這個火手判官張召重，他兩人一個做鏢客，一個做官，專門與綠林豪傑作對，心狠手辣，武功高強，黑道上的人聽起來莫不畏懼三分。陸菲青共有師兄弟三人，師父偏愛小徒弟，傳授張召重武藝特多。陸菲青與他道不同不相爲謀，當年已翻臉絕交，不想今日又狹路相逢。昨晚他躲在一旁看他與李霍兩人交手，見他三招兩式，功力深不可測，一別十年，想不到他已進境如此，自己實在非他敵手。以如此身手而甘爲清廷鷹犬，正是不可輕侮的強敵，從李沅芷偷聽來的話中琢磨，他是爲紅花會的要犯而來，那兩人不受傷已非他之敵，現在如何能逃脫此難？（三五）

李克夢畫　池滿叔文

玉面狐

（四九）顧天遊一時臉漲了起來，他低頭喃喃道：「這個……」胡麗仙不容他再拖延，繼續追問道：「怎麼？我看你不會欺騙我吧，快！快將那字條交還給我。」顧天遊無可如何地摸了摸自己的口袋，驀地大吃一驚叫了起來道：「什麼？這……」他這時再也喊不出聲來了，原來他的皮包，已經不知了去向。

胡麗仙這時站在他的面前，……

跨出電外，馬上一個箭步，走進店子裏去，正想拿起電話，却發覺「錢盆」上面加上個蓋子：「電話不通」。

誰曉得它究竟真不通還是假不通，但是當我看見旁邊的掌櫃先生正在收起笑容，冷起臉孔觀看我的時候，我不敢在那裏多站一分鐘。

又走了大半天，終於又給我找到第二個電話了。在一間賣煲仔飯的食店裏。

那個掌櫃先生可不同，他遠遠看見我來，便滿臉笑容地給我打招呼。我心裏想：「這人倒好！」

可是當我一跨進店門的時候，聽見他說：「啊，先生，晚飯，好，裏面有位，請！裏邊……

八　初達挫折

香港《新晚報》一九五五年三月十四日星期一出版，連載金庸第一部小說《書劍恩仇錄》，爲第三回《鐵膽莊》部分內容。

『那駝子好大的氣力，好快的身手！』

《書劍恩仇錄》連載結集版第一集第一回《古道駿馬驚白髮》插圖，作者任遜，前五回插圖作者均任遜，後三十五回插圖作者姜雲行即雲君。

目錄

王序

因為著迷於金庸版本變革的趣味，我曾於網路開立「金庸版本的奇妙世界」部落格，細加推敲金庸作品《射鵰》、《神鵰》、《倚天》、《天龍》、《笑傲》及《鹿鼎》六部長篇的舊版、新版、新修版修訂過程蘊藏的奧秘，並將部落格文章集結為《金庸武俠史紀〈射鵰編〉三版變遷全紀錄》、《金庸武俠史紀〈神鵰編〉三版變遷全紀錄》、《金庸武俠史紀〈倚天編〉三版變遷全紀錄》、《金庸武俠史紀〈天龍編〉三版變遷全紀錄》、《金庸武俠史紀〈笑傲編〉三版變遷全紀錄》、《金庸武俠史紀〈鹿鼎編〉三版變遷全紀錄》等六本書。

這套金庸版本研究叢書獲得金迷朋友們的一致好評，金迷朋友們也都期待《書劍》等九部金庸短篇小說能有版本研究專書，但我因另有創作計劃，暫時難以進行這九部小說的版本研究。

近日喜見辛先軍先生已投注心血，仔細比對及研究《書劍恩仇錄》、《碧血劍》、《雪山飛狐》、《飛狐外傳》、《鴛鴦刀》、《白馬嘯西風》、《連城訣》、《俠客行》及《越女劍》等九部金庸小說，並發表專論。閱讀辛先生的著作之後，我對金庸這九部小說的版本變革有了更深的了解。

金庸修訂自己的作品，可說煞費苦心，幾乎是字字斟酌，《書劍恩仇錄》、《碧血劍》兩部作品尤其有翻天覆地的大更動。這兩部小說是金庸最早的著作，因為金庸對舊版不滿意之處甚多，故而這兩部小說的修訂版都有偌大篇幅的更動。我相信辛先生在比較這兩部書的版本差異時，必然下了頗大的工夫。

辛先生在細心研究之後，將《書劍》等九部小說的重要修訂之處呈現給讀者。跟隨辛先生的導引，我們將更明白金庸版本變革的來龍去脈，也更清楚金庸創作故事的思維脈絡。

我真誠推薦此書給所有愛好金庸小說的朋友們，希望大家一起來閱讀這本書，品味金庸小說版本變革蘊藏的無窮妙趣。

王怡仁

二零一九年一月

潘序

近年經常聽到許多人說「生命影響生命」，這句話用在王怡仁大夫和辛先軍先生兩位超級金庸小說迷應該非常貼切。

事緣王怡仁大夫比較了金庸小說中所謂「六大部」（指《射鵰英雄傳》、《神鵰俠侶》、《倚天屠龍記》、《天龍八部》、《笑傲江湖》和《鹿鼎記》等長篇）的不同版本，完成了「金庸版本學」研究入面最重要的一項研究工作。我們在二零一四年前後刊行了《彩筆金庸改射鵰》和《金庸妙手改神鵰》等金庸學研究專著，作為獻給金庸先生九十華誕的禮物。王大夫原本不打算將已完成的版本比較文章全部結集刊行，經過我們鍥而不捨的呈請，終於在二零一八年初得到王大夫允可，全部重新增刪六大部的「變遷全紀錄」，故此《金庸武俠史紀〈射鵰編〉三版變遷全紀錄》和《金庸武俠史紀〈神鵰編〉三版變遷全紀錄》兩部新書，就是《彩筆金庸改射鵰》和《金庸妙手改神鵰》的增訂版。

我們原本打算得隴望蜀，請王大夫把金庸小說餘下的其他中短篇也寫完「變遷全紀錄」，可是王大夫有他的寫作大計，雖然廣大讀者都渴望能夠了解全套金庸小說新舊版的差異，但是也不能太過強人所難。

好在「生命影響生命」，辛先軍先生為了填補王大夫留下的空白，於是拿《書劍恩仇錄》、《碧血劍》、《雪山飛狐》、《飛狐外傳》、《鴛鴦刀》、《白馬嘯西風》、《連城訣》、《俠客行》和《越女劍》九部小說的報上連載版和七十年代修訂版做了深入比較，撰寫成一系列「探尋金庸修訂心路」的文章。王辛兩位的文風自然有異，但是他們對金庸武俠小說的愛護和熱誠卻是相同。他們的研究成果，必將成為今後「金庸學研究」後來者的必備參考工具。

間常有讀者表示不能理解金庸兩度修訂全部武俠小說的用意，金庸小說毫無疑問是二十世紀中國最偉大的章回小說，他一改再改，仍然只是第一名！如果我們稍為注意到金庸小說在瘋魔全世界有人能閱讀中文的中國人社區之餘，是曾經受過中國文學史上前所未見最嚴格、甚至有時相當苛刻的批評，我們讀者當會多點明白金庸的苦心。

金庸小說最初是在報上連載，每天與讀者見面。這種創作方式有利亦有弊。好處是不停催迫著作者一往無前，更能成為激發起作者不斷創作的動力。畢竟報紙是絕不允許「開天窗」的，當然也有成名作家為了個人紀律不夠強而長期脫稿，甚至令報館要請人代筆。壞處是每天見報的時限壓力，令到作者缺少詳細規劃的餘裕。

所謂不招人妒是庸才，金庸小說甫出世就光芒四射，難免招來嚴苛而不公允的批評，筆者相信金庸先生為了回應各種善意批評和惡性攻擊，方才有兩番全面修訂，而世紀新修版還在作者七十過後古稀之年才開始呢！

按照金庸個人的意願，第二版面世之後，報上連載的舊版就全部作廢。上世紀七十年代的修訂版雖然是作者用了最好的心得來改正，但是仍然有許多讀者認為舊版仍有相當可觀之處。現在舊版金庸小說一書難求、奇貨可居，我們一般讀者可以借細讀王怡仁、辛先軍兩位的研究專著，一窺早期金庸武俠小說的面貌。

潘國森

二零一九年己亥孟春

於香港心一堂

在金庸「武俠世界」裏尋覓自己的「俠客夢」

——《探尋金庸的修訂心路》前言

品讀金庸

八十年代初，一部名為《射鵰英雄傳》的香港武俠電視連續劇引爆大街小巷，後來才知道這部電視劇的原著作者名字叫——金庸，原名查良鏞，香港著名作家、企業家、社會活動家。從那時起，我便開始關注金庸小說，記得第一次看到大陸出版的金庸小說就是八十年代初廣州《武林》雜誌連載的《射鵰英雄傳》，這本雜誌的創刊號至今仍有收藏。郭靖、黃蓉、「東邪西毒南帝北丐」、「全真七子」、「江南七怪」……一大批生動豐滿的人物形象及奇妙無比的故事情節深深地印入腦海，當時真不敢相信世上竟有這樣好看的小說。

相信每個男孩在自己的青少年時期都曾有過行俠仗義、懲惡揚善的「俠客夢」，當然，我也不例外。雖然在當今和諧文明的社會中或許這只是個夢想，但在金庸創造的「武俠世界」裏卻可以變成現實，夢想成真，這就是我最初喜歡金庸武俠小說的原因。改革開放後，隨著大陸盜版的金庸武俠小說逐漸泛濫起來，我有幸開始接觸到了更多的金庸小說，一讀就是三十多年，而且也注定將會陪伴我的一生。

雖然類型屬武俠小說，但我一直認為金庸小說不同於其他武俠小說，作品的優劣與類型無關，如果認為歷史小說「正統」，那麼所有的歷史小說都是優秀作品嗎？金庸十五部小說共三十六冊，近千萬字，主要涉及宋、元、明、清四個歷史朝代，囊括了民族民俗、風土人情、天文地理、政治歷史、棋琴書畫、品酒詩賦等各個領域，內容博大精深，雅俗共賞，文學性、思想性、藝術性極高，堪稱「中國古代社會的百科全書」。我每每看得愛不釋手，廢寢忘食、點燈夜讀也是常有的事，最多的一部大概已經看過不止五、六遍，而且許多人物和故事情節早已印入腦海。尤其這些年來，隨著金庸最新修訂作品的出版發行，同時當年的報刊連載版也在網絡上出現，我開始注重將幾個不同版本進行比較閱讀，這也成為後來產生評析新舊版想法的初衷。

收藏金庸

如果僅僅喜歡讀金庸的武俠小說，或許還不能算一個真正的金庸迷。除了閱讀金庸小說，我還收集各種金庸小說的版本。八十年代末至九十年代初期，大陸還缺乏版權意識，各種盜版的金庸武俠小說充斥著市場，諸如印刷質量不錯的「寶文堂版」也我都曾經購買收集過，但當時還沒有收藏意識，幾次搬家時均作為廢品處理而未能留存，實屬遺憾。一九九四年讀大學時，正值三聯出版社全套出版十五種三十六冊的《金庸作品集》，證明金庸武俠小說得到學術界的認可，但限於經濟條件，當時僅僅零星購買了《書劍恩仇錄》、《雪山飛狐》、《飛狐外傳》、《鹿鼎記》等幾部。後來，父親鼓勵我把剩餘的「三聯版」都積攢完整。當時還未步入社會的我缺乏經驗，在大街小巷的私人書攤上購買了大量盜印的「三聯版」，雖然最終湊齊了一九九四年的「三聯版金庸作品集」，但心裏總覺得不那麼舒服，畢竟其中盜版的太多，留存價值不大。

工作以後，經濟條件允許了，我有意識的開始積累各類版本的金庸小說，在淘寶、孔夫子等網站搜集了大量正版金庸作品，例如一九九九年三聯版、三聯口袋本、香港明河社的修訂版、袖珍本、廣州出版社的新修版、新修軟精裝版，還有金庸未授權的評點本全套，收集的十五種三十六冊的金庸作品全集就有十套。同時，我還淘到了金庸第一部授權大陸的作品、天津百花文藝一九八五年版的《書劍恩仇錄》，臺灣遠景一九八四年版的《大漠英雄傳》（即《射鵰英雄傳》），私人製作的報紙連載版全集，還有金庸的散文集、論文集。另外，香港畫家李志清、黃玉郎等人根據金庸作品改變的漫畫集、圖畫冊，以及大量的各種研究金庸的作品，等等，凡和金庸有關的幾乎全部收入囊中。我在讀大學時候購買了冷夏著的《金庸傳》，這是大陸出版的首部金庸傳記，後來幾乎收藏了所有關於金庸的個人傳記。

個人認為，在收藏的若干金庸作品中，比較珍貴的有一九五五年原版《新晚報》、一九九九年三聯版全集、香港明河社七十二冊的袖珍本、天津百花文藝版的《書劍恩仇錄》、臺灣遠景版的《大漠英雄傳》，及個別香港連載書本版，畢竟這些原本已經絕版，而我有幸能「挖掘」到它們，並將它們擺放在書櫃內鑒賞。私人印製的報紙連載結集本雖然不是正版，但也全部收集齊全，從中可以重溫當年報刊連載尤其是帶有雲君插圖的原本風貌，也為我研究評析新舊版提供了寶貴資料。

從八十年代起研究金庸已經蔚然成風，我也購買了許多關於研究金庸的書籍。兩岸三地的學者研究金庸已經很多年了，不過從連載版與修訂版內容差異方面逐部系統研究金庸作品的似乎還寥寥無幾。儘管香港的倪匡、臺灣的林保淳、溫瑞安等學者作家都曾發表過關於金庸新舊版評論的文章，但多數從作品版本及部分人物和故事情節變化等方面評論，尚不足以完整的反映金庸作品的修訂歷程。我認為，當前真正把新舊版內容進行系統分析的或許只有大陸的陳墨和臺灣的王怡仁。

陳墨作為「大陸金庸研究第一人」，從九十年代開始已經陸續發表了十幾部研究金庸作品的專著，研究領域幾乎囊括了金庸小說涉及的各個方面，其中一冊《修訂金庸》，就是專門分析研究金庸作品新舊版內容的專著。《修訂金庸》涉及《書劍恩仇錄》、《碧血劍》、《射鵰英雄傳》、《天龍八部》四部作品，其在臺灣風雲時代出版社的版本又加入《神鵰俠侶》和《倚天屠龍記》兩部，所以準確的說，陳墨的《修訂金庸》重點分析了六部金庸小說新修版與修訂版之間的變化，其中《射鵰英雄傳》同時還分析了部分報刊連載版的內容。

新世紀以來，當金庸的研究火熱程度稍有減弱時，在互聯網突然出現了一個叫「金庸版本的奇妙世界」的博客，作者王怡仁為臺灣醫師，研究金庸小說為其業餘愛好。他在博客上發表了《射鵰英雄傳》、《神鵰俠侶》、《倚天屠龍記》、《天龍八部》、《笑傲江湖》及《鹿鼎記》這六部金庸最長、也是最著名小說的新舊版比較分析，全面研究了包括連載版、修訂版和新修版之間的內容差異，分析之透徹、立論之完整令人耳目一新。後來，《射鵰英雄傳》和《神鵰俠侶》兩篇還由香港心一堂出版社結集出版，分別名為《彩筆金庸改射鵰》和《金庸妙手改神鵰》，我都及時購買收藏。

陳墨研究金庸新舊版的方向是《書劍恩仇錄》、《碧血劍》等六部小說新修版與修訂版內容的差異，王怡仁研究金庸新舊版的方向是《射鵰英雄傳》、《神鵰俠侶》等六部長篇連載版、修訂版和新修版之間內容的差異，二人研究角度不同，內容不同，風格各異。金庸作品共進行過兩次大的修訂，一九七〇至一九八〇年用了十年時間對報紙連載的十五部作品全部修訂，稱為「修訂版」，一九九九至二〇〇六年又用了八年時間再次修訂，稱為「新修版」。總體而言，連載版由於時間倉促，寫作時難免存在漏洞和不足，作者對自己作品不滿意的地方也很多，在自己的創作頂峰及時進行修訂完善。對於連載版，修訂版改動之處主要有，一是文字修辭上的修訂，包含內文詞句的修飾和回目的重新編排設計；二是故事情節的改變，包括人物的性格、關係和情節的鋪排；三是歷史性的增強，包含相關史實的補充及附注說明。因此「修訂版」的成效最為顯著，修訂版與連載版的差異也最值得研究。

鑒於王怡仁已經研究了金庸六部最著名的長篇小說，金庸其餘九部小說連載版與修訂版差異的評析目前還是空白，出於這種想法，我決定嘗試著填補這個空白領域。儘管學識水平與陳墨和王怡仁兩位老師無法相比，但秉著對金庸小說的執迷，自己為何不努力嘗試一下？我對連載版和修訂版進行比較評析的九部金庸小說，按照金庸寫作時間順序包括，《書劍恩仇錄》、《碧血劍》、《雪山飛狐》、《飛狐外傳》、《鴛鴦刀》、《白馬嘯西風》、《連城訣》、《俠客行》和《越女劍》。評析新舊版首要的是逐部仔細閱讀，編寫讀書札記。正如王怡仁先生「左眼新《射鵰》、右眼舊《射鵰》」的研究方式一樣，我也是將連載版與修訂版兩個版本對照閱讀，凡是不同之處及時記錄，然後結合前後文內容比照分析，試圖運用這種方法探尋當時金庸修訂作品時的想法和思路。我首先選擇了其中一部相對短但改動較大的中篇《白馬嘯西風》進行評析，有了經驗之後再嘗試著對其他幾部比較分析。

除了《越女劍》由於篇幅短、修改不大而採取按照故事情節發展順序比較評析外，其餘的六部長篇和兩部中篇小說均採取結合全書主題設置一些研究題目、加上各章回其他情節修訂的方式進行綜合評析。九部作品陸陸續續歷時兩年完成，對連載版和修訂版兩個版本研究的興趣也越來越濃。個人感覺，評析較好的往往是金庸改動較大的幾部作品，例如《書劍恩仇錄》、《碧血劍》、《白馬嘯西風》等，改動較小的或許沒有發揮空間卻有些草草了事。最後附的一篇《金庸「武俠世界」裏的稅收故事》見《金庸武俠史記＜白・雪・飛・鴛・越・俠・連＞編——探尋金庸的修訂心路》，是從賦稅角度研究金庸小說裏有關稅收方面的內容，目前這個主題也算是一個新的研究領域。

總之，我只是希望盡最大努力從連載版到修訂版的字裏行間尋覓金庸當時修訂作品的一些想法，彌補金庸九部作品新舊版評析領域的空白，金庸先生逝世不久，或許這項工作更有意義，也算為研究金庸做出自己一點綿薄貢獻吧。

二〇一六年四月完稿於大連
二〇一九年一月修訂於大連

報刊連載和結集成書的差異
——《書劍恩仇錄》連載版與修訂版評析

《書劍恩仇錄》是金庸寫的第一部小說，最初於一九五五年二月八日開始在香港《新晚報》的「天方夜譚」版連載，每天一段，直到一九五六年九月五日刊完，共連載了五百七十四天。當初由於梁羽生的《草莽龍蛇傳》已經連載完，必須有一篇武俠小說頂上，但梁羽生當時又忙於其他事務而無暇寫小說，寫稿的重任就落到了金庸頭上。雖然從沒寫過武俠小說，但經不起報社主編的勸說，金庸只好倉促上陣。

金庸在《書劍恩仇錄》修訂版《後記》裏說：「《書劍恩仇錄》是我所寫的第一部小說，本書最初在報上連載，後來出版單行本，現在修改校訂後重印，幾乎每一句句子都曾改過，甚至第三次校樣還是給改得一塌胡塗。」作為第一部作品，從回目到內容等各方面難免有不成熟的地方，所以修訂時改動得多也實屬正常。即使同為連載版，《書劍恩仇錄》在報刊連載的內容與後來三育圖書文具公司結集成八冊書（簡稱「三育版」）的內容也有所不同，需要單獨作為一個部分進行分析。現以「三育版」成書為依據，從報刊連載版與三育結集版比較、開篇敘事方式改變、周英傑之死、陳家洛身世、有關余魚同和李沅芷、有關玉如意及各回其他情節的修訂共七個方面將連載版與修訂版的差異進行比較評析。

一、報刊連載版與三育結集版比較

《書劍恩仇錄》於一九五五年二月在香港《新晚報》開始連載，為了滿足讀者再次閱讀的需要，金庸在《書劍恩仇錄》連載了一段時間後，通過授權由香港三育圖書文具公司結集出版單行本。但即使同為最初的連載版，如果將《新晚報》的《書劍恩仇錄》連載原文與三育文具圖書公司結集成書的內容比較不難發現，報刊連載的作品在重排編印成「三育版」單行本時均經過修改。

然而，每次從報刊連載到結集成書這段時間到底有多長呢?張圭陽先生在《金庸與報業》中說：「三育圖書結集的速度，遠遠落後於盜印的速度」，落後的準確時間可以通過比對小說版權頁的內容得知。以「三育版」《書劍恩仇錄》第三集為例，版權頁是這樣寫的：

1956年6月初版

32k 142p
印數0001-4000

第一版共印四千本。第三集收錄了《新晚報》一九五五年六月三十日到九月六日即第十一回到第十五回的故事，但竟然要在連載後九個月，即一九五六年六月才可以看到結集出版的單行本。《書劍恩仇錄》是在一九五六年九月五日連載完畢的，也就是說，當報紙出到第七集的內容時，單行本才出到第三集，難怪其他未授權的出版社有機可乘，要出版盜印的「爬頭本」了。問題關鍵在於，三育圖書文具公司原本只打算把報紙上連載的文字重排一次，校對後立即印刷成書，這樣就會大大縮短出版單行本的時間。但一部好作品推敲修訂的功夫自然少不了，金庸為出版單行本而在修訂詞句上確實花了很多時間，所以出版單行本的時間自然也要一拖再拖，這連三育圖書文具公司也沒有辦法。《書劍恩仇錄》從報刊連載版到「三育版」，金庸經過了仔細的審閱與訂正，這就解釋了為什麼三育圖書文具公司結集出版只有一百多頁的一冊，卻要長達九個月才可結集成書的原因。

《書劍恩仇錄》「三育版」的回目也是後改的，並不見於《新晚報》最初的連載。例如，《新晚報》連載前十回的回目原本是：

一、塞外古道上的奇遇
二、紅布包袱
三、鐵膽莊
四、紅花會群雄
五、群雄大鬥鐵膽莊
六、經書與短劍
七、渡口夜戰
八、各有因緣莫羨人
九、拔劍揚眉散黃金
十、長嘯湖上碧水寒

可見，一至七回都是長短句，從三字到八字不等。金庸顯然並不滿意這種長短句不一的回目，後來「三育版」回目雖然比報刊連載版進步些，但仍然通俗淺陋，到了修訂版時，金庸又作了另一番修改，所以從第八回開始統一采用七字回目。然而，這些回目雖然都是七字，卻非全為美句，且帶口語化，如「你既無心我便休」、「騎驢負鍋隱大俠」。出版「三育版」單行本時，除了使回目與內容表裏一致、提高表達效果外，為了追求美感，金庸還是重新創作了新的回目，因此才會有「琴聲朗朗聞雁落」（第十三回）、「劍氣沉沉發龍吟」（第十四回）等美感較高的回目出現。金庸在一九五七年修訂版的《後記》裏說：「本書初版中的回目，平仄完全不計，現在也不見略有改善而已。」金庸說的「初版」，指的就是「三育版」。後來的修訂版把連載版兩回合為一回，兩個回目於是成為了對句，上下兩句自然要符合平仄，像第一、二回的回目就變成「古道騰駒驚白髮，危巒快劍識青翎」。

除了原文與回目外，「三育版」還有一個地方與連載版不同，那就是書中插圖。《書劍恩仇錄》最初在《新晚報》連載時並沒有插圖。為了使作品更美觀，更具收藏價值，吸引讀者購買，三育公司出版單行本時在每回之前都安排了一張插圖，第一集所收五張插圖，是任遜畫的，與第二至第八集的畫風迥異，風格似乎更趨於中國傳統的民俗畫。或許金庸不滿意第一集的插畫，從第二集開始作者就換成了「雲君」，即姜雲行。因此，「三育版」《書劍恩仇錄》八冊四十回有四十張圖，其中任遜畫的是前五回，姜雲行即雲君畫的是後三十五回。

二、開篇敘事方式的改變

與金庸其他一些作品的開篇相似，《書劍恩仇錄》連載版與修訂版的開篇也存在一定差異。但與《碧血劍》、《射鵰英雄傳》修訂時完全改變了連載版開篇情節有本質不同，本書修訂後對於開篇的內容並沒有多少變化，只是在敘述故事情節的順序上做了調整，連載版采用了電影閃回的蒙太奇倒敘方式，而修訂版則采用了比較平淡的順敘方式。

連載版的開篇是這樣寫的：

「將軍百戰身名裂，向河梁，回頭萬里，故人長絕。易水蕭蕭西風冷，滿座衣冠似雪。正壯士悲歌未徹。啼鳥還知如許恨，料不啼青淚啼血。誰共我，醉明月？」

這首氣宇軒昂志行磊落的「賀新郎」詞，是南宋愛國詩人辛棄疾的作品。一個精神矍鑠的老者，騎在馬上，滿懷感慨地低低哼著這首詞。這老者已年近六十，鬚眉皆白，可是神光內蘊，精神充沛，騎在馬上一點不見龍鍾老態。他回首四望，只見夜色漸合，長長的塞外古道上除他們一大隊騾馬人夥之外，只有陣陣歸鴉，聽不見其他聲音，老者馬鞭一揮，縱騎追上前面的騾車，由於滿腹故國之思，意興十分闌珊。

連載版以南宋愛國詩人辛棄疾的〈賀新郎〉詞作為開篇，直接引出吟誦該詩的年近六十的武當大俠陸菲青，交代故事發生的時間在清乾隆二十三年秋天，清廷官員李可秀因功從甘肅遷往浙江，陸菲青是其女李沅芷的師傅，接著說二人成為師徒有一段機緣巧合的故事，隨後故事發展類同電影片段的閃回，倒回五年至乾隆十八年，講述陸菲青給李沅芷教書的情節。

修訂版開篇是這樣寫的：

清乾隆十八年六月，陝西扶風延綏鎮總兵衙門內院，一個十四歲的女孩兒跳跳蹦蹦的走向教書先生書房。上午老師講完了《資治通鑒》上「赤壁之戰」的一段書，隨口講了些諸葛亮、周瑜的故事。午後本來沒功課，那女孩兒卻興猶未盡，要老師再講三國故事。這日炎陽盛暑，四下裏靜悄悄地，更沒一絲涼風。那女孩兒來到書房之外，怕老師午睡未醒，進去不便，於是輕手輕腳繞到窗外，拔下頭上金釵，在窗紙上刺了個小孔，湊眼過去張望。

與連載版一首蕩氣迴腸的古詞作為開篇相比，修訂版開篇則平淡得多，直接從乾隆十八年六月敘述，地點在陝西扶風延綏鎮總兵衙門內院，故事情節是陸菲青給李沅芷教書，但沒有點名陸菲青的真實身份，保留故事懸念。雖然修訂版沒有像連載版以古詞開篇那樣豪邁奔放，卻在平淡中一步步地展開故事情節，改變了傳統武俠小說開篇的傳奇性、驚險性，從文學角度看效果要較一般的武俠小說更佳，體現了作者有意將自己作品提升到更高層次的想法。金庸在修訂多部作品時，將小說開篇都作為重要的修訂內容，改變了傳統武俠小說那種開篇即凝造驚險、恐怖、懸疑的緊張氛圍，修訂後的開篇儘管往往「平淡無奇」，但好似「冷水泡茶慢慢濃」，作者試圖通過不緊不慢地講故事，帶領讀者逐漸進入奇妙無比的武俠世界，這正是金庸作品不同於其他武俠小說的地方。

三、有關周英傑之死的修訂

周英傑是鐵膽莊莊主周仲英的小兒子，與其相關的情節只涉及三個回目，卻是引起周仲英和紅花會產生誤會、進而消除誤會並幫助紅花會反抗清廷的關聯紐帶人物。作為書中一個不起眼的人物，周英傑從出場到離開只占全書很少的篇幅，但這很少的篇幅卻恰恰是全書修訂最多的地方之一，尤其對周英傑之死情節的改動比較大，這些修訂主要集中在第二至第四回。

第二回中，駱冰贈給周英傑珍珠，連載版，周大奶奶見這串珠子顆顆又大又圓，價真不小，叫兒子磕頭道謝。周英傑受贈駱冰的珍珠是後來被激上當泄密的重要因素，因此修訂版對贈珠情節敘述得比較詳細，周大奶奶見這串珠子顆顆又大又圓，極是貴重，心想初次相見，怎可受人家如此厚禮，又是叫嚷，又是嘆氣，推辭了半天無效，只得叫兒子磕頭道謝。

童兆和試圖威脅周英傑時，連載版，周英傑道：「你敢，我爸爸是鐵膽周仲英。」修訂版改為，周英傑道：「你敢動我一根毫毛，算你好漢。我爸爸一拳頭便打你個稀巴爛！」既表現出了孩童的純樸天性，也表現了周英傑年齡雖小但有其父的俠義風範，雖然出場時間短，卻令人印象深刻。

張召重誘使周英傑講出文泰來等人藏身的地方，兩個版本存在較大差異。連載版說：

張召重無法可施，伸手到衣囊裏去，想摸兩隻小小的金元寶來再誘他，摸到一個圓圓的筒子，心想：「這東西或許成。」隨手掏了出來，是一個千里鏡。

張召重離京出來捉拿文泰來時，總領御林軍的福康安特別召見，囑他務必把要犯擒來，說這是皇上的特旨，並賞了他一個西洋商人所送的千里鏡，以便緝拿犯人。當下張召重把千里鏡舉到眼前，對準遠處的山頭轉了幾轉，對周英傑道：「你把這個放在眼睛上向那邊瞧瞧。」周英傑怕他有什麼詭計，縮手不接，張召重自己又看了一下，嘖嘖稱讚：「真好看。」

周英傑究竟是孩子，童心很盛，等張召重第二次遞過來時，忍不住接過來放在眼上一望，不由嚇了一跳，只見遠處的山頭突然移到了眼前，山上的樹木花草全都看得清清楚楚。張召重道：「你跳上桌子向外面瞧瞧。」周英傑望了他一眼，跳上石桌，向圍墻外望去，只見遠處路上的行人都被搬到眼底，連嘴臉眉目都看得猶如對面一般。他把千里鏡一拿開，那些人又都變成細小的黑影了，他把千里鏡放上拿下，瞧瞧了半天，才戀戀不捨，跳下石桌，交還給張召重。張召重接了，說道：「你要嗎？」周英傑望望旁邊的孟健雄和宋善朋，搖搖頭。

張召重見他這幾下搖頭搖得很勉強，知道他對孟宋等人有所顧忌，於是把他拉在一旁說道：「你只要告訴我那三個人這在什麼地方，這個就是你的了。」周英傑低聲道：「我不知道。」張召重也放低了聲音，說道：「你跟我說，我不會說出來的，你爸爸決不會知道。」周英傑有點心動，但仍舊搖搖頭。

孟健雄高聲叫道：「小師弟，我們進去吧，別在花園裏玩了。」周英傑道：「是啦。」他對張召重道：「孟師哥叫我呢。」張召重拉住他的手，把千里鏡直放到他面前。周英傑眼中露出十分喜愛的神色，小手顫動，輕輕說道：「我要是說了，爸爸回來會打死我。」張召重道：「你不必開口，我問你，問對了，你就點頭。」說罷就把千里鏡遞來，周英傑猶豫了一下，終於接了過去。張召重道：「他們躲在你媽媽房裏？」周英傑搖搖頭。張召重道：「在穀倉裏？」周英傑又搖頭，張召重道：「在花園裏？」周英傑緩緩的把頭點了一下。

那邊孟健雄見張召重拉住周英傑問個不休，怕他泄露機關，慢慢的踱過來。張召重看花園中只有假山池塘，花木亭閣，並無隱蔽之處，不知文泰來等人躲在那裏，他抓緊時機，又問：「他們躲在那裏？」周英傑不語，眼睛望著亭子，嘴唇呶了一呶，張召重道：「亭子裏？」周英傑點點頭。

修訂版改為：

童兆和突然瞥見周英傑左腕上套著一串珠子，顆顆晶瑩精圓，正是駱冰之物。他是鏢頭，生平珠寶見得不少，倒是識貨之人，這兩日來見到駱冰，於她身上穿戴無不瞧得明明白白，這時心中一喜，說道：「你手上這串珠子，我認得是那個女客的，你還說他們沒有來？你定是偷了她的。」周英傑大怒，說道：「我怎會偷人家的物事？明明是那嬸嬸給我的。」童兆和笑道：「好啦，是那嬸嬸給的。那麼她在哪裏？」周英傑道：「我幹麼要對你說？」

張召重心想：「這小孩兒神氣十足，想是他爹爹平日給人奉承得狠了，連得他也自尊自大，我且激他一激，看他怎樣。」便道：「老童，不用跟小孩兒羅唆了，他甚麼都不知道的，鐵膽莊裏大人的事，也不會讓小孩兒瞧見。他們叫那三個客人躲在秘密的地方之時，定會先將小孩兒趕開。」周英傑果然著惱，說道：「我怎麼不知道？」

孟健雄見周英傑上當，心中大急，說道：「小師弟，咱們進去吧，別在花園裏玩了。」張召重抓住機會，道：「小孩兒不懂事，快走開些，別在這裏礙手礙腳。你就會吹牛，你要是知道那三個客人躲在甚麼地方，你是小英雄，否則的話，你是小混蛋、小狗熊。」周英傑怒道：「我自然知道。你才是大混蛋、大狗熊。」

張召重道：「我料你不知道，你是小狗熊。」周英傑忍無可忍，大聲道：「我知道，他們就在這花園裏，就在這亭子裏！」

孟健雄大驚，喝道：「小師弟，你胡說甚麼？快進去！」周英傑話一出口，便知糟糕，急得幾乎要哭了出來，拔足飛奔入內。

在連載版裏，張召重用一個西洋造的千里鏡誘惑周英傑，使周英傑泄露文泰來等人的藏身處。周英傑屬「富二代」，自己家財萬貫，從前文看本身也多少具備些父親周仲英的俠義性格，即使西洋千里鏡是個稀罕物事，應當也不至於被張召重輕易誘導而失大義，更何況用稀罕東西誘惑孩子上當受騙的方式再普通不過了，沒有新意。修訂版改為童兆和看到駱冰贈給周英傑的珍珠後，和張召重一起運用激將法誘其說實話，既與前文駱冰贈珠的情節相關聯，也表現了一個孩子不懂江湖險惡的天真無邪，因此最後才不慎泄露文泰來藏身的秘密，修訂後就比較符合情理了。

孟健雄說「是鷹爪子自己發現的」，修訂版加入一句，周仲英左手一把抓住他衣領，右手揮鞭，便要劈臉打去，終於強行忍住。孟健雄幫周英傑圓謊，周仲英不可能無動於衷，因此修訂版加入他的行為。

周仲英殺死周英傑的情節，兩個版本存在較大差異。連載版說：

周仲英一眼看見兒子手中拿著一個千里鏡，頓起懷疑。

……又問兒子：「是誰給你的？」周大奶奶對兒子道：「孩子，爹問你，你就說嘛。要是你拿人家的，咱們先還給他，明兒給你去買一個來。」周英傑道：「不是拿人家的。」周大奶奶道：「那是人家給你的了，那更沒要緊啦，你對爹爹說，誰給你的。」周英傑低聲道：「剛才來的官人給的。」

周仲英知道這千里鏡是西洋來的奇珍之物，衙門裏的公差到老百姓家裏，不順手牽羊拿東西，已是上上大吉，豈有將這種貴重物品送人之理，再將眾人的言語神情一琢磨，已知文泰來的納身之所必定是這孩子泄露出來，這時他心頭怒氣全消，全身汗毛直豎，感到一陣冷戰，說話聲音發顫：「你……把這個……給我。」周英傑把千里鏡遞給父親，周仲英接過來，瞧也不瞧，猛力往墻上一擲，一個鋼身的千里鏡頓時破爛得不成樣子，他拉住兒子道：「跟我來。」把他帶到了平時教徒弟兒女練武的花廳，周大奶奶跟在後面不斷勸說，還不明白老爺子今兒幹麼生這麼大的氣。

周仲英沙啞了嗓子，問道：「今天的客人躲在窖中，是你告訴官人的嗎，是麼？」周英傑在父親面前素來不敢說謊，只好點點頭。周仲英對妻子道：「你在祖宗靈位和祖師神位面前點起臘燭。」周大奶奶不懂什麼道理，照他吩咐做了。周仲英是少林正宗，供的是達摩祖師。

周仲英在神前拈香磕頭，暗暗禱祝，拜罷，命兒子也拜，周仲英在燭光下見兒子臉如滿月，白淨可愛，不由得心酸，問道：「你有沒有欠人錢沒還，借人東西沒還的？」周英傑道：「沒有。」周仲英又問：「你有沒有答應了人家什麼還沒給的？」周英傑低聲道：「我答應孟家小妹明兒給她檢鳥蛋……剛才在後山檢到幾個，還沒給她。」說著從懷中掏出來，周仲英接過來，放在桌上，道：「待會我親手給她，你放心好了。」這時他語氣異常溫和，摸摸兒子的頭，說道：「去向母親磕頭，拜謝她對你十月懷胎十年養育之恩。」周英傑過去給母親磕頭，這時周大奶奶才知丈夫要殺兒子，放聲大哭，把兒子一把摟在懷裏，死命不放。

周仲英坐在椅中，見妻子抱住幼子，又急又哭，也自心酸，待她哭了一會，站起身來走過去。周大奶奶把兒子抱得更緊，叫道：「你把咱們娘兒倆一起殺了，沒有他我也不要活了。」周仲英沙啞著聲音喝道：「放開他。」周大奶奶把自己身體擋在前面。周仲英道：「他年紀輕輕就見利忘義，將來還不盡做傷天害理的事，這種兒子少一個好一個。」隨手一拉，就把周英傑提了起來，周大奶奶咕咚一聲跪在丈夫面前，哭道：「老爺子你饒了他吧，你把趕出鐵膽莊去，永遠不許他再回來。」周仲英也不答話，暗暗運氣，在周英傑天靈蓋上一掌，撲的一聲，孩子雙目突出，頓時氣絕。

修訂版改為：

周仲英目光轉到宋善朋臉上，喝道：「你一見公差，心裏便怕了，於是說了出來，是不是？」他素知孟健雄為人俠義，便殺了他頭也不會出賣朋友，宋善朋不會武藝，膽小怕事，多半是他受不住公差的脅逼而吐露真相。宋善朋見到老莊主的威勢，似乎一掌便要打將過來，不由得膽戰心驚，說道：「不……不是我說的，是……是小……小公子說的。」

……孟健雄眼見瞞不過了，便道：「師父，張召重那狗賊好生奸猾，一再以言語相激，說道小師弟若是不說出來，便是小……小混蛋、小狗熊。」周仲英知道兒子脾氣，年紀小小，便愛逞英雄好漢，喝道：「小混蛋，你要做英雄，便說了出來，是不是？」周英傑一張小臉上已全無血色，低聲道：「是，爹爹！」

周仲英怒氣不可抑制，喝道：「英雄好漢是這樣做的麼？」右手一揮，兩枚鐵膽向對面墻上擲去。豈知周英傑便在這時沖將上來，要撲在父親的懷裏求饒，腦袋正好撞在一枚鐵膽之上。周仲英投擲鐵膽之時，滿腔忿怒全發泄在這一擲之中，力道何等強勁，噗噗兩響，一枚鐵膽嵌入了對面墻壁，另一枚正中周英傑的腦袋，登時鮮血四濺。

周仲英大驚，忙搶上抱住兒子。周英傑道：「爹，我……我再也不敢了……你別打我……」話未說完，已然氣絕，一霎時間，廳上人人驚得呆了。

連載版裏，周仲英是主動打死自己親生兒子的，而且給兒子「判死刑」前還祭拜列祖列宗，讓周英傑留遺言，甚至妻子護在一旁苦苦勸說也無濟於事。儘管文泰來是紅花會的江湖英雄，對於這樣一個平生素不相識還到自家避難的人，周仲英能否因為泄露其藏身秘密而殘忍地殺死自己唯一的親生獨子呢？更何況文泰來當時並未被清兵殺死，只是被抓走而已，所以連載版裏周仲英主動殺兒子這段情節的描寫確實太不符合人之常情。正因為這樣，修訂版改為在氣頭上的周仲英投擲鐵膽而誤殺兒子，這樣故事情節也就變得合情合理了。當然，金庸在新修版裏對這段情節再次作了改動，不在本文討論範圍內。

周綺救駱冰後，修訂版加入一句，得知兄弟為父親打死，母親出走，自是傷痛不已。對前文發生的周英傑被父親打死和周綺母親負氣出走的情節進行了補敘。

孟健雄向紅花會解釋文泰來被捕一事，被駱冰反問而頓覺語塞，連載版是「因為周英傑受賄賣友，鐵膽莊的人全都認為奇恥大辱，決不肯告知外人」。作為一個被誘騙的無知孩童，周英傑的過失應當還不至於上升到「受賄賣友」的高度，而且作者前文已經改為由於被激將而泄密的情節，所以修訂版改為，要知周英傑受不住激而泄漏秘密，雖是小兒無知，畢竟是鐵膽莊的過失。

第四回中，周仲英對鐵膽莊被焚毀之事釋然，連載版是，宋善朋和孟健雄查點莊中人數，除了有十數人被火灼傷外，幸喜沒人重傷和死亡。宋善朋把陳家洛剛才這番話悄悄說了，莊丁們聽說除了賠償損失外，另外還有賞賜，沮喪痛惜都為之大減。修訂版刪除，加入一句，但一瞥眼見到那具小小棺材，心中又一陣慘傷。細筆描寫周仲英對於周英傑之死的傷感。

眾人離開鐵膽莊前，修訂版加入：孟健雄、宋善朋等將周英傑屍身入殮，葬在莊畔。周綺伏地痛哭，周仲英亦是老淚縱橫。陳家洛等俱在墳前行禮。增加這段對於周英傑之死的情節作了了結。

四、有關陳家洛身世的修訂

作為全書第一主角，陳家洛的身世是牽動故事發展的關鍵因素，正是由於他與乾隆是親兄弟這一特殊的身世，才使其年紀輕輕就擔任了江湖第一大會的總舵主，雖然修訂版對其身世沒有大的改動，但從一些細微修改的地方還是可以看出作者講故事的用心之處。

第八回中，陳家洛見自己幼時在上嬉游的城墻也毫無變動，修訂版加入一句，青草沙石，似乎均是昔日所曾撫弄。細筆回味昔日時光。

陳家洛見到乾隆御筆題字，心中一怔，修訂版加入：

一進去便見到一座亭子，亭中有塊大石碑。走進亭去，月光照在碑上，見碑文俱新，刻著六首五言律詩，題目是「御制駐陳氏安瀾園即事雜咏」，碑文字迹也是乾隆所書，心想：「原來皇帝到我家來過了。」月光上讀碑上御詩：「名園陳氏業，題額曰安瀾。至止緣觀海，居停暫解鞍；金堤築籌固，沙渚漲希寬。總廑萬民戚，非尋一己歡。」

心想：「這皇帝口是心非，自己出來游山玩水，也就罷了，說甚麼『總廑萬民戚，非尋一己歡。』」又讀下去：「兩世鳳池邊，高樓睿藻懸。渥恩賚耆碩，適性愜林泉。是日亭台景，秋游角徵弦；觀瀾還返駕，供帳漫求妍。」

他知第二句是指樓中所懸雍正皇帝御書「林泉耆碩」匾額。見下面四首詩都是稱賞園中風物，對陳家功名勛業頗有美言。詩雖不佳，但對自己家裏很是客氣，自也不免高興。

由西折入長廊，經「滄波浴景之軒」而至環碧堂，見堂中懸了一塊新匾，寫著「愛日堂」三字，也是乾隆所書，尋思：「『愛日』二字是指兒子孝父母，出於『法言』：『事父母自知不足者，其舜乎？不可得而久者，事親之謂也。孝子愛日。』那是感嘆奉事父母的日子不能長久，多一天和父母相聚，便好一天，因此對每一日都感眷戀。這兩個字由我來寫，才合道理，怎麼皇帝親筆寫在這裏？這個皇帝，學問未免欠通。」

出得堂來，經赤欄曲橋，天香塢，北轉至十二樓邊，過群芳閣，竹深荷淨軒，過橋竹蔭深處，便是母親的舊居筠香館。只見館前也換上了新匾，寫著「春暉堂」三字，也是乾隆御筆，心中一酸，坐在山石之上，心想：「孟郊詩：『慈母手中綫，遊子身上衣。臨行密密縫，意恐遲遲歸。誰言寸草心，報得三春暉。』這一首詩，真是為我寫照了。」望著這三個字，想起母親的慈愛，又不禁掉下淚來。

突然之間，全身一震，跳了起來，心道：「『春暉』二字，是兒子感念母恩的典故，除此之外，更無他義。皇帝寫這匾掛在我姆媽樓上，是何用意？他再不通，也不會如此胡來。難道他料我必定歸來省墓，特意寫了這些匾額來籠絡我麼？」沉吟良久，難解其意。

增加這一段通過細緻地描寫石碑、牌匾等處的題字，表現了陳家洛回海寧後看到皇帝對自己家多處御筆題字及感念母恩而感到疑惑不解，為後文驚人地揭開乾隆皇帝真正身世進行了必要的前期鋪墊。

陳家洛嗚咽道：「我真是不孝的兒子，姆媽臨死時要見我一面也見不著。」連載版接著說：

江南世家小姐出嫁時，倒有幾名丫頭陪嫁過去，小姐雖然做了太太奶奶，可是這幾名陪嫁丫頭到老仍舊叫她小姐。瑞英所以稱陳家洛的母親做小姐，就是這個原因。

陳家洛又問：「姆媽有什麼話要對我說嗎？」瑞英道：「最後一天小姐迴光返照，精神很好，她知道見你不著，所以寫了一封信給你。」陳家洛急問：「信呢？在那裏？快給我。」瑞英道：「後來她不知怎麼一想，嘆了一口氣，說『還是別讓他知道的好』，叫我把蠟燭拿過去，她自把信在燭火上燒掉，信快燒完，小姐氣力也完啦，手一鬆，就過麼過去啦。」

陳家洛聽得滿目含淚，問道：「那麼我姆媽沒燒完的信呢？」瑞英道：「這個我收著。」陳家洛道：「拿給我看。」瑞英道：「小姐總是為不願給你看到，所以臨死時要燒掉，你又何必要看。」陳家洛一臉哀苦之色，自傷自嘆：「不知姆媽要對我說些什麼，唉，我見不到姆媽一面，連最後的遺書也看不到。」瑞英聽得心酸，揭開箱子，翻開上面的衣物，掏出一個小盒子來，她用鑰匙開了，取出一個紙包，交給陳家洛道：「我不知道小姐寫了些什麼，這封信我偷偷收起來，從來沒給人見到過。」

陳家洛接過手已微微發抖，把紙包打開，只見裏面是小半張信箋，上面一大截已被燒去，下半截也是一片焦黃之色，還渺了許多燭油，上面寫的赫然是他母親的字迹，只見什麼「半生傷痛」，「僅為兒耳」，「威逼嫁之陳門」等等一些零碎詞語，還有些字是上下文不相連續的，什麼「硤石沈氏之」，「婦道云」等等，陳家洛不暇仔細研究，把信放入懷裏。

連載版過早地揭開了一些關於陳家洛身世的秘密，修訂版刪除這部分情節，保留了陳家洛家世的一些懸念，放在後文揭曉，吊足了讀者胃口，也增添了敘事的傳奇性。

乾隆攜陳家洛的手走出來，修訂版加入：

陳家洛道：「八月十八，海潮最大。我母親恰好生於這一天，所以她……」說到這裏，住口不說了。乾隆似乎甚是關心，問道：「令堂怎樣？」陳家洛道：「所以我母親閨字『潮生』。」他說了這句話，微覺後悔，心想怎地我將姆媽的閨名也跟皇帝說了，但其時衝口而出，似是十分自然。乾隆臉上也有憮然之色，低低應了聲：「是！原來……」下面的話卻也忍住了，握著陳家洛的手顫抖了幾下。

修訂增加的內容繼續為逐漸揭開乾隆皇帝身世做鋪墊。

陳家洛說道：「這是我母親的傷心事，我也不大明白。」修訂版加入：

乾隆道：「你海寧陳家世代簪纓，科名之盛，海內無比。三百年來，進士二百數十人，位居宰輔者三人。官尚書，侍郎、巡撫、布政使者十一人，真是異數。令尊文勤公為官清正，常在皇考前為民請命，以至痛哭流涕。皇考退朝之後，有幾次哈哈大笑，說道：『陳世倌今天又為了百姓向我大哭一場，唉，只好答應了他。』」陳家洛聽他說起父親的政績，又是傷心，又是歡喜，心想：「爹爹為百姓而向皇帝大哭，我為百姓而搶皇帝軍糧。作為不同，用意則一。」

修訂版借用乾隆的話加入了一段史實，通過乾隆對海寧陳家世代為官的回顧，反映陳世倌在世時為百姓所做的一些政績。

陳家洛默然點頭，連載版：

晴畫又道：「進忠也尋了死之後，進忠的媽求府裏讓他們兩個葬在一起，二老爺大發脾氣，反而把進忠的媽叫去罵了一頓，唉，他們兩個死了之後還是不能在一起。」陳家洛道：「明天我派人來辦這件事，把他們葬在一起。」晴畫遲疑道：「二老爺怕不會肯。」陳家洛道：「哼，我才不理他肯不肯呢。我還叫人把你贖出來，回你自己家去。」晴畫咽哽著道：「三官，你待咱們總是這麼好……」

連載版這段內容與本回重點寫陳家洛身世的主題偏離過遠，沒有保留價值，因此修訂版刪除。

第九回中，陳家洛知道哥哥是乾隆大吃一驚，連載版是，文泰來道：「這事中間曲折很多……」修訂版改為：

文泰來道：「于老當家說，當年前朝的雍正皇帝生了個女兒，恰好令堂老太太同一天生了個兒子。雍正命人將孩子抱去瞧瞧，還出來時，卻已掉成個女孩。那個男孩子，便是當今的乾隆皇帝……」

修訂版改變連載版「中間曲折很多」的含糊其辭，通過文泰來的言語直接非常詳細的解釋了乾隆身世的真相。

第十一回中，說到陳家女兒，修訂版加入：

至於換到陳家的女兒，本是公主，後來嫁給常熟蔣溥。蔣溥的父親蔣廷錫於雍正初年任戶部侍郎，其時陳世倌任山東巡撫，兩人共同治水有功。陳蔣二人後來都入內閣。蔣溥由戶部尚書、禮部尚書、吏部尚書而大學士，終乾隆一朝，蔣家榮寵不衰。據常熟故老相傳，蔣溥陳夫人所住的樓堂，當地都稱為「公主樓」。

作者結合野史記載，詳細補敘了陳家女兒後來的事迹及「公主樓」的典故，將歷史與傳奇有機結合在一起，提升作品的思想高度。

第十九回中，陳家洛再讀摺子，連載版：

「但弟子極不放心，在徐女室中連守半月，此半月中其夫因舊帝暴死，新帝接位，政務忙碌異常，鮮入其妻之室。弟子罪該萬死，與徐女相處既久，舊情不可抑制，致犯大戒，所生者即其第三子。」……這第三子不是自己是誰?原來義父竟是自己的親生之父。

如果于萬亭是陳家洛親父，乾隆的父親是陳世倌，那麼陳家洛和乾隆豈不成了同母異父的兄弟，于萬亭本來是保護陳家的，但與陳家洛母親有感情生下陳家洛，這有損於于萬亭和陳家洛母親的形象，因此修訂版改變于萬亭是其生父的說法，改為于萬亭化裝為傭保護陳家。

「但弟子難以放心，乃化裝為傭，在陳府操作賤役，劈柴挑水，共達五年，確知已無後患，方始離去。弟子以名門弟子，大膽妄為，若為人知，不免貽羞師門，敗壞少林清譽。」陳家洛不知是痛心，還是憐惜？修訂版加入：

心想義父為了保護姆媽，居然在我家甘操賤役五年之久，實是情深義重。其時我年稚幼，不知家中數十傭僕之中，竟然有此一位一代大俠。

通過陳家洛想法補敘了于萬亭的暗中保護陳家的俠義事迹。

五、有關余魚同和李沅芷情節的修訂

余魚同和李沅芷分別都是書中的主要男女配角，全書多處重要情節均與二人有關係，二人的感情發展也是全書的一條重要綫索。較之連載版，修訂版對二人有關的情節增加和改動了許多內容，完善充實了二人的事迹，使二人的形象進一步得到豐富。

第二回中，書生說「他犯了什麼罪啊？」修訂版加入：「常言道得好：與人方便，自己方便。子曰：『己所不欲，勿施於人。』」體現了初次登場的余魚同為掩飾身份而故裝陳腐卻顯幽默風趣的書生性格。

幾個公差見書生與他們為難，連載版：

只聽見那使軟鞭的驚叫道：「師叔，點子怕是紅花會姓陳的小匪首。」……使劍的公差向書生喝道：「尊駕可是姓陳？可是紅花會的少舵主？」

當時紅花會少舵主尚未上任，公差不應當知道得如此快，而且作者也應當為陳家洛的出場保留懸念，因此修訂版改為：

那書生哈哈一笑，說道：「你們做公差的耳目倒靈通，知道紅花會少舵主姓陳。」使軟鞭的公差驚叫：「師叔，這點子怕也是紅花會的！」……使劍的公差向書生道：「你是紅花會的？」言語中頗有忌憚之意。那書生哈哈一笑，道：「做公差的耳目真靈，這碗飯倒也不是白吃的，知道紅花會中有區區在下這號人物。」

余魚同三人走後，連載版：

那三人走後不久，一個少年奔到客店門口，那正是戲弄了張召重的李沅芷。她將進店門，只見一人從店門出來騎上了馬，那人形容猥瑣，看是鎮遠鏢局的鏢頭童兆和。李沅芷也不在意，回進房去改換女裝，她想，目下暫時穿女裝，和媽媽在騾車裏一起坐幾天，那個張大人本領再大，他也奈何我不得。

李沅芷女扮男裝是導致陳家洛和霍青桐產生誤會的根源，是陳家洛從霍青桐移情別戀香香公主的重要原因，而且後來仍然有李沅芷女扮男裝的情節，因此修訂版刪除這段李沅芷換回女裝的情節。

第三回中，駱冰愛笑的脾氣始終改不了，這一來可又害苦了余魚同。連載版：

他見她臨走一笑，以為這場單相思也未必一定沒有結果，望著駱冰的背影，孤身站在曠野中又胡思亂想起來。

修訂版改為：

但見她臨去一笑，溫柔嫵媚，當真令人銷魂蝕骨，情難自已，眼望著她背影隱入黑暗之中，呆立曠野，心亂似沸，一會兒自傷自憐，恨造化弄人，命舛已極，一會兒又自悔自責，覺堂堂六尺，無行無恥，直豬狗之不若，突然間將腦袋連連往樹上撞去，抱樹狂呼大叫。

修訂後通過言行舉止更加細緻的描寫出余魚同對於駱冰複雜的感情。

第四回中，余魚同說有一套大曲，修訂版加入，

「一曰龍吟，二曰鳳鳴，三曰紫雲，四曰紅霞，五曰搖波，六曰裂石，七曰金谷，八曰

玉關，九日靜日，十日良宵，或慷慨激越，或宛轉纏綿，各具佳韵。只是未逢嘉客。」

修訂版增加了余魚同的音樂修養，當然同時也表現出作者的文學素養。

余魚同與曾圖南相鬥，修訂版加入：「在下生平最恨阻撓清興之人，不聽我笛子，便是瞧我不起。古詩有云：『快馬不須鞭，拗折楊柳枝。下馬吹橫笛，愁殺路旁兒。』古人真有先見之明。」增添了一絲文趣。

第五回中，余魚同在酒樓題詩兩個版本不同。連載版：

「金笛縱橫一去來，秋風愁緒不能排，人言九轉腸應斷，我已為君轉十回。」下面寫了「魚題」兩字。

修訂版改為：

「百戰江湖一笛橫，風雷俠烈死生輕。鴛鴦有耦春蠶苦，白馬鞍邊笑靨生。」下面寫了「千古第一喪心病狂有情無義人題」，自傷對駱冰有情，自恨對文泰來無義。

修訂後題詩的內容更準確的表現了余魚同對駱冰有情和對文泰來無義的複雜情感。

第八回中，李沅芷救李可秀，連載版：

李可秀見是穿了男裝的女兒，也不知她如何力氣奇大，竟被她一把拉了就走。章進雙斧砍來，叫道：「往那裏走！」李沅芷劍尖向他肩上刺去，章進舉斧一格，那知她這一劍是虛招，回劍一揮，父女兩人已乘隙竄了出去。章進正待追趕，趙半山識得她是陸菲青的徒弟，心想：「不知他與這個將軍有什麼淵源，如此捨命相救，瞧著陸大哥臉上，放他走吧！」於是叫道：「十弟，別追啦！咱們救四弟要緊。」章進止步不追。

修訂版刪除。

第十回中，官兵分向搜索，連載版：

西路人馬由曾圖南率領，追了一程，忽見李沅芷扶著李可秀回來。曾圖南大喜，忙上前請安，把坐騎讓給李可秀乘坐。原來李沅芷見父親落入敵人手中，骨肉關心，也不理會爆炸勢頭猛惡，一鼓勁沖出墻來，遠遠瞧見紅花會人眾向西而去，她一人落單，不敢迫近，遠遠跟在後面。此時天尚未明，可是一行人眾走到城門時，城門忽然打開，讓他們過去。李沅芷繞開城門，從偏僻處爬上城墻，緩緩的溜了下來。這樣一耽擱，紅花會人眾早已不見，她縱目四顧，只見曉星在天，遠處附近人家隱隱傳來雞啼犬吠之聲，那裏有父親的踪影，心中一急，不由得掩面哭出聲來。剛哭了兩聲，忽聽一個親切的聲音說道：「沅芷，我在這裏。」李沅芷抬頭一看，見是父親，這一下喜出望外，撲上去父女抱住了。李沅芷道：「爸爸，你沒受傷麼？」李可秀道：「沒有。」李沅芷把頭伏在父親懷裏，輕聲問道：「他呢？」李可秀不答，只是搖頭，李沅芷不由得又流下淚來。

當時正值緊要關頭，修訂版刪除了這段李沅芷與父親相遇的情節，使得文風緊湊，緊扣主題。

余魚同和李沅芷乘亂逃走，連載版：

兩人到了開封，李沅芷去見知府，說是杭州將軍李可秀的兒子，途中遇盜失散。開封知府贈銀套車，兩人平平安安到了杭州。

修訂版改為，李沅芷要去杭州和父母團聚，余魚同心想文泰來被擒去杭州，正好同路。點明余魚同和李沅芷同去杭州的理由。

余魚同全身燒起水泡，坐臥不得，連載版：

四名小頭目輪流扶著他站在船裏，因為只有腳底才沒燒傷。陸菲青道：「咱們做了這番大事，官府必定不肯干休，倒要想一個善後之策。」陳家洛道：「正是。四嫂，章十哥，你們兩位帶同八名頭目，送四哥和十四弟到於潛天目山養傷。」駱冰和章進應了。周仲英道：「皇帝失了要犯，必定大舉追索，兩位護送似乎人手單薄些。」陳家洛道：「周老前輩說得不錯。」他正想加派人手，徐天宏忽道：「咱們何不仿照趙三哥的師父王老前輩的辦法，讓清廷死了這條心。」無塵搖頭道：「趙三弟的師父那時年事已高，早已閉門封劍，裝假死不妨。但四弟卻正是有為之年，而且他性如烈火，將來必會把這事引為終身之恥。」

原來趙半山的師父王朗齋是溫州太極門的著名拳師，壯年時和山西巨盜盛喬結了怨仇，盛喬言明十年之後報仇。在十年之中，他在虎爪拳上痛下苦功，屆時果然南下踐約。王朗齋此時已退出武林，爭名之心早已十分淡泊，加之聽說盛喬近來武功精進，自己年老力衰，未必是他敵手，於是假裝病故，在廳上設置靈堂，擺了棺材。盛喬到時見王朗齋已死，於是在他假靈位前大哭一場，痛惜十年苦功，當年受了他「野馬分鬃」一掌之仇竟未能報。他哭祭已畢，在棺材上用力抓下三下，五指抓痕深深嵌入棺材蓋中。趙半山是王朗齋的第二弟子，見盛喬如此怨毒，竟想辱及死人，動了真怒，和他三言兩語，動起手來，結果趙半山不是敵手，被他一抓扯下一大叢頭髮。趙半山深感恥辱，日夕精研太極拳，五年後結果仍舊用「野馬分鬃」把盛喬打倒。他因此成了溫州太極門的掌門弟子，那塊被盛喬抓過的棺材板，換下來由掌門弟子接管，警惕本門弟子學武後不可隨便與人結怨，須知學無止境，每一門每一派均有奇材異能之士，決不能妄自尊大。這件公案武林中流傳很廣，老一輩練武的人可說沒有不知的。

紅花會群雄大都附和無塵，覺得裝死雖然是瞞過清廷耳目的好辦法，但未免過於示弱，文泰來也一定不喜。這時文泰來睜眼叫道：「總舵主，你們別管我。老舵主傳有遺命，這事關係漢人光復大業，總舵主，你務必做到。現在皇帝是在杭州，容易找到。」

這句話提醒了陳家洛，說道：「我直捷就去見皇帝，說他的秘密咱們紅花會中人人都知道了，出言點撥他幾句。這樣，乾隆就覺得紅花會人眾個個是禍胎，最好個個予以處死。那麼他對四哥就不會這麼全神貫注，欲得之而甘心了。」群雄鼓掌叫好。徐天宏道：「九弟，這幾天杭州城裏有什麼廟會沒有？」衛春華道：「廟會是沒有，但今兒晚是一年一度的選花盛會。」徐天宏道：「選花？那是什麼？」衛春華笑道：「選妓女啊，西湖上熱鬧得很。」徐天宏道：「咱們就把皇帝引到妓院裏，總舵主你也去胡調一下，俟機和皇帝見面。」

周綺眉頭一皺道：「你越來越不成話啦，怎麼叫總舵主到妓院去胡調？」徐天宏笑道：「為了見皇帝，去一下也不妨。」陳家洛道：「就只怕他不上鈎。」眾人低頭沉思，各想計謀。無塵叫道：「咱們一不做，二不休，索性把皇帝抓起來，叫他答應咱們的事，否則把他殺了，瞧他怎麼樣。」群雄相顧駭然，一時不敢接嘴。陳家洛叫道：「他抓咱們四哥，咱們抓他，有何不可？」無塵聽陳家洛贊同他的話，很是高興，對徐天宏道：「咱們大家到妓院去，怕什麼？」說著望了周綺一眼，道：「連我這出家人也去。把皇帝抓到，那就高興啦。」群雄被他一說，都砰然心動，雖覺要逮住皇帝恐怕不易辦到，但個個心雄膽壯，平素所作所為，都是在和朝廷作對，明知這是大逆不道的大事，但心中那有懼怕，這時都望著徐天宏，瞧他有何妙計。徐天宏凝神半晌，說道：「我想這樣辦，各位瞧行不行？」於是把計策說了出來。陸菲青贊道：「妙計，妙計，果然不愧武諸葛。就算不成功，對咱們也沒害處。」周綺聽陸菲青贊她未過門的夫婿，微微一笑，芳心暗喜。陳家洛道：「好，就是這樣。事不宜遲，咱們馬上動手。四嫂，十哥，你們往西，等咱們事完之後，不論成敗，大夥再來和你們相聚。」章進見他們摩拳擦掌去捉拿皇帝，自己不能參與，不免感到可惜，但他與文泰來交情最好，既然是護送他，也就無話可說。群雄和駱冰等作別，分別潛回杭州布置。

修訂版改為：

迷迷糊糊中忽聽得有個女子聲音大叫：「你越來越不成話啦，怎麼出主意叫總舵主到妓院去胡調？」依稀是鐵膽莊周大小姐的聲音。隔了一會。又聽得無塵叫道：「咱們大家回杭州，一起到妓院去，又怕甚麼？」余魚同大是奇怪：「道長是出家人，怎麼也要去逛窯子？」重傷之下，難以多想，接著又昏暈過去。

這一大段情節敘述紅花會群雄商議善後之策，試圖學趙半山師父裝死瞞過清廷的做法，之後又改變想法，決定由陳家洛直接見皇帝勸其反滿復漢。連載版的情節過於冗長囉嗦，而且中間還穿插了對趙半山師門的回顧，偏離主題，修訂版簡明扼要，從余魚同受傷後個人聽話的角度，使讀者得知紅花會要去杭州妓院的消息，當然沒有點明紅花會要去做什麼事情，為後文綁架乾隆的情節保留懸念。

第十二回中，李沅芷給余魚同寫的信，連載版七個字：「不辭萬里苦隨君」；修訂版改為十六個字，「情深意真，豈在醜俊？千山萬水，苦隨君行。」信的內容與余魚同救人被火燒傷的遭遇緊密關聯。

余魚同見到清兵拖拽女人，修訂版加入：余魚同心道：「貪生忘義，非丈夫也！」體現余魚同在危難時刻不怕暴露身份的俠義心腸。

余魚同左手接住竹箭，連載版，這時李沅芷身子朝向裏面，危急之間余魚同隨手一推，黑暗中竟推在她的胸前，李沅芷輕輕的叫了一聲「啊喲」，面紅過耳，只覺全身發燙。修訂版刪除。

第十三回中，余魚同準備下山找李沅芷，連載版：

忽然瞧見桌上一個包裹，那是玉如意臨死時所贈的，心中一動：「不知那是什麼卷軸。」打開來看時，第一件是一卷法書，寫的是歐陽修的一闋詞，第二卷十分名貴，是米芾所書的李義山的兩首詩，余魚同一看到「錦瑟無端五十弦，一弦一柱思華年」那兩句，心一酸，就卷起不看了。把第三卷打開，吃了一驚，原來那是一卷長卷，「宋八高僧故寶」的圖卷，上面蓋著「乾隆御覽之寶」的朱印，心想這是稀世之珍，怎麼會落入這風塵女子的手中？打開來一路看去，畫的是八位得道高僧出家的經過，題詞中說，有一位高僧是因在酒樓上聽到一句曲詞而大徹大悟的。余魚同不即看下去，掩卷一想，那是一句什麼曲詞，能有這樣大的力量，他再展卷一看，只見題詞中寫著七個字：「你既無心我便休」。

連載版裏，由於玉如意留下幾幅畫，因此余魚同想出家是通過看畫引起的，而修訂版由於刪除了余魚同在客店遇到玉如意的情節，因此也相應的改為：

經過殿堂時見到壁畫，駐足略觀，見畫的是八位高僧出家的經過，一幅畫中題詞說道，這位高僧在酒樓上聽到一句曲詞，因而大徹大悟。余魚同不即往下看去，閉目凝思，那是一句甚麼曲詞，能有偌大力量？睜開眼來，見題詞中寫著七字：「你既無心我便休。」

第十八回中，余魚同和李沅芷二人見到阿凡提，連載版：余李兩人見驢頭之帽與張召重平素所戴者一模一樣，不禁起疑，但想張召重正是被圍在黑水營之中，大概這是另外一個御林軍軍官的了。阿凡提驢頭之帽與張召重所戴者一樣不太恰當，修訂版刪除。

李沅芷殺清兵，修訂版加入：余魚同見李沅芷殺了許多清兵，心想：「她爹爹是滿清提督，她卻毫無顧忌的大殺清兵。那麼她的的確確是決意跟著我了。」心中一陣為難，不禁長嘆一聲。通過描寫余魚同的心裏活動增進二人感情。

余、李二人互換信物，連載版：

徐天宏望著余魚同手中的金針，想起當日周綺給他剜肩取針，因而結成姻緣，再想到她身上有喜，自己即將為人之父，不覺臉露微笑。

修訂版刪除，改為：

陳家洛笑道：「咱們若在玉宮裏帶了幾柄玉刀玉劍出來，倒可送給他們作賀禮。」霍青桐微微一笑，點了點頭。

李沅芷知是陸菲青出掌相救。修訂版加入：

余魚同道：「師妹，多謝你又救了我一次。」李沅芷白了他一眼，低聲道：「你還向我說這個『謝』字？」

體現了二人的感情進一步得到發展。

六、有關玉如意情節的修訂

玉如意的塑造在連載版裏比較豐富，但考慮到是書中並不重要的一個人物，只是在一些情節中起到承上啟下或者串聯鋪墊的作用，因此作者在修訂時作了比較多的改動或刪除，主要情節集中在乾隆西湖聽曲和最終自殺的兩段中。

在第七回中，玉如意相貌也不見得特別美麗，修訂版加入細節描寫：

只是一雙眼睛靈活異常，一顧盼間，便和人人打了個十分親熱的招呼，風姿楚楚，嫵媚動人。

乾隆要玉如意再唱一曲，連載版：

玉如意向衛春華望了一眼，琵琶聲調頓轉凄切，唱的是一曲「寄生草」：「一面琵琶在墻上掛，猛抬頭看見了它。叫丫鬟摘下琵琶彈幾下。未定弦，淚珠兒先流下。彈起了琵琶，想起冤家。琵琶好，不如冤家會說話。」唱得聲調愁苦，泫然欲淚。乾隆笑道：「你的冤家到那裏去了啊？」玉如意道：「被皇帝拉去打回人去了。」

乾隆淡淡一笑，道：「大丈夫立功異域，那正是建名立業之秋，只有可喜，有什麼好悲傷的呢。」玉如意道：「啊喲，他們大將軍大元帥，才越打仗越升官發財啊，那些被拉去壯丁當夫子的老百姓，留得一條性命回來已是謝天謝地啦，還說什麼立功呢，你這位老爺倒會說笑話兒。」乾隆被她搶白了幾句，一時倒訕訕回答不上話來。李可秀喝道：「你別不知輕重，胡言亂語。」玉如意站起來福了一福，說道：「小的瞎說八道，老爺你別生氣。」

陳家洛問道：「你那相好的叫什麼名字？怎麼會被征到回疆去？」玉如意道：「不瞞公子說，那也不是甚麼相好的，是我的親表哥，他叫焦授，我們倆從小在一塊玩兒，後來爹把我許配了他。指望他好好做買賣，積幾兩銀子成家立業，那知皇帝忽然要打甚麼回疆，硬生生把他拉去了。這幾萬里外冰天雪地，沒飲沒食的，今生多半是不能回來啦。」陳家洛聽她說得十分凄苦，不禁動容，轉頭乾隆道：「回人遠在萬里之外，又沒過犯，朝廷勞師遠征，窮兵黷武，實非百姓之福呢。」乾隆「哼」了一聲，並不置答。

兩人又對飲了幾杯，湖上花香越發濃了，陳家洛道：「我有一位結義兄弟，笛子吹得最好，可惜不在這裏，我實在想念他得緊。」李沅芷嘴唇一動，要想說話，可是又忍住了。乾隆問道：「兄台從回疆趕回江南，說是為了朋友之事，可就是為了這位朋友麼？」陳家洛道：「這位吹笛子的兄弟和我都是為了來營救另一位朋友，可惜始終沒能成功。」乾隆道：「不知貴友犯了甚麼事？」陳家洛道：「敝友不知怎樣得罪了官家，所以身入囹圄之中，思之令人神傷。」乾隆問道：「貴友叫甚麼名字？」陳家洛道：「他姓文名泰來，江湖上人稱奔雷手。」

此言一出，乾隆和李可秀都為之聳動，他們明知陳家洛是紅花會頭腦，但決想不到他竟會單刀直入的提到這件事。白振向眾侍衛暗使眼色，叫各人加意戒備，看來一場惡鬥已勢所難免，眾侍衛都伸手去摸身上所藏著的兵刃。

陳家洛看在眼裏，微微笑道：「仁兄這幾位侍從想都是一身好功夫，不知仁兄從何處覓來？」乾隆不答，笑著指指白振，說道：「剛才聽他說，仁兄身懷絕技，小弟日間失眼，只當是一位文弱書生，那知竟是江湖豪俠，可否一顯身手，令小弟開開眼界。」陳家洛道：「小弟末技，何足道哉，這位身上藏著判官筆，一定是打穴名家，就請取出來走幾招如何？」說著指一指乾隆身後的一個侍衛。

那名侍衛姓范，名叫中思，既然能使判官筆，當然武功已非泛泛之輩，剛才他調戲駱冰，以為只是一個普通船娘。沒提防被她踢下水去，吃了大虧。他聽陳家洛指出他長衣內藏著判官筆，不由得一驚，心想：「他怎麼知道？」原來兵刃外雖有長衣罩住，總不免微微凸起，陳家洛內外各派兵器全都練過，一看當然知道。范中思正沒好氣，自恃一身武藝，這時想在皇上面前顯露一下，於是就說：「要是公子瞧得起，就請賜招。」取出判官筆，輕飄飄的縱起，落在船頭。

陳家洛見他浮囂傲慢，不予理會，指著玉如意對乾隆道：「這位姑娘身世可憐，仁兄何不賜予援手，使他們有情人得成眷屬呢？」乾隆眼睛瞟著玉如意，見她神情柔媚，楚楚可憐，心中很是喜愛，正在想待會怎樣命李可秀把她送入宮中，怎樣把事做得隱秘，以免有損清譽，被人背後罵他破壞祖宗家法，忽聽陳家洛問起，一時答不出來，「唔」了一聲，才道：「她表哥效命皇室，為王前驅，那是很好的事呀。」這時范中思握住一對判官筆，站在船頭，進又不是，退又不是，十分尷尬。白振低聲喝道：「老范回來。」范中恩只得收起兵刃，踱回來站在乾隆背後，恨恨的盯了陳家洛一眼，口中可還不敢嘀咕。

修訂版改為：

玉如意低頭一笑，露出兩個小小酒窩，當真是嬌柔無限，風情萬種。乾隆的心先自酥了，只聽她輕聲一笑，說道：「我唱便唱了，東方老爺可不許生氣。」乾隆呵呵笑道：「你唱曲子，我歡喜還來不及，怎會生氣？」玉如意向他拋個媚眼，撥動琵琶，彈了起來，這次彈的曲調卻是輕快跳蕩，俏皮諧謔，珠飛玉鳴，音節繁富。乾隆聽得琵琶，先喝了聲彩，聽她唱道：「終日奔忙只為饑，才得有食又思衣。置下綾羅身上穿，抬頭卻嫌房屋低。蓋了高樓並大廈，床前缺少美貌妻。嬌妻美妾都娶下，忽慮出門沒馬騎。買得高頭金鞍馬，馬前馬後少跟隨。招了家人數十個，有錢沒勢被人欺。時來運到做知縣，抱怨官小職位卑。做過尚書升閣老，朝思暮想要登基……」

乾隆一直笑吟吟的聽著，只覺曲詞甚是有趣，但當聽到「朝思暮想要登基」那一句時，小由得臉上微微變色，只聽玉如意繼續唱道：「一朝南面做天子，東征西討打蠻夷。四海萬國都降服，想和神仙下象棋。洞賓陪他把棋下，吩咐快做上天梯。上天梯子未做起，閻王發牌鬼來催。若非此人大限到，升到天上還嫌低，玉皇大帝讓他做，定嫌天宮不華麗。」

陳家洛哈哈大笑。乾隆卻越聽臉色越是不善，心道：「這女子是否已知我身份，故意唱這曲兒來譏嘲於我？」玉如意一曲唱畢，緩緩擱下琵琶，笑道：「這曲子是取笑窮漢的，東方老爺和陸公子都是富貴人，高樓大廈、嬌妻美妾都已有了，自不會去想它。」

乾隆呵呵大笑，臉色頓和。眼睛瞟著玉如意，見她神情柔媚，心中很是喜愛，正自尋思，待會如何命李可秀將她送來行宮，怎樣把事做得隱秘，以免背後被人說聖天子好色，壞了盛德令名，忽聽陳家洛道：「漢皇重色思傾國，那唐玄宗是風流天子，天子風流不要緊，把花花江山送在胡人安祿山手裏，那可大大不對了。」乾隆道：「唐玄宗初期英明，晚年昏庸，可萬萬不及他祖宗唐太宗。」

這段故事情節在連載版裏涉及的內容比較多，一方面，玉如意借唱曲講述了其表哥的悲慘遭遇，致使乾隆不高興；另一方面，陳家洛借機點明文泰來被捕一事，使乾隆和李可秀知道他是紅花會的總舵主。玉如意並非書中主要人物，由她唱曲一節牽扯出家事已經偏離主題，又過於冗長複雜，而陳家洛此時過早的暴露身份又不符合情理，因此修訂版改為通過聽玉如意唱曲，陳家洛以古喻今，提醒乾隆學唐太宗政治清明，但沒有暴露身份，同時還刪除了有關玉如意家事的情節。

在第十回中，乾隆聽玉如意唱「桃花扇」，連載版：

乾隆最愛賣弄才學，這次南來，處處吟詩題字，臣工們自然是把他捧上天去，但他總有點疑心臣下的奉承也未必出於至誠，現在玉如意把他一捧，頓時有風塵知己之感，馬上命和坤賞黃金五十兩。

修訂版描寫的更加細緻：

他最愛賣弄才學，這次南來，到處吟詩題字，唐突勝景，作踐山水。眾臣工匠恭頌句句錦綉，篇篇珠璣，詩蓋李杜，字壓鍾王，那也不算希奇。眼下自己微服出遊，竟然見賞於名妓。美人垂青，自不由帝皇尊榮，而全憑自身真材實料，她定是看中我有宋玉般情，潘安般貌，子建般才。當年紅拂巨眼識李靖，梁紅玉風塵中識韓世忠，亦不過如此，可見凡屬名妓，必然識貨。若不重報，何以酬知己之青眼？立命和珅賞賜黃金五十兩。沉吟半晌，成詩兩句：「才詩或讓蘇和白，佳曲應超李與王。」

在第十三回中，余魚同隔房聽到女人唱曲，連載版：

歌聲柔媚異常，余魚同心想：「這種荒僻的野店之中，那裏來的如此歌喉？」忽然隔房一個男人大咳了一陣，有氣沒力的說道：「你別哭，我要你笑，你再唱呀……我挨不了今晚了，我要多聽……多聽你唱幾首曲兒。」余魚同聽他說的是江南口音，說話時上氣不接下氣，似乎是重病垂危的樣子。那女子哽咽了一下，撥動了幾下琵琶，卻唱不下去了，那病人道：「我死之後，你仍舊回杭州去……求求九爺……教他……教他收留你。」那女子不答，忽然撥動琵琶唱了起來。這次歌聲隱約，隔房聽不清楚，只聽見她最後幾句唱道：「……款款深盟，無限思量，語笑盈盈。」這幾句一字一字打入了余魚同心坎中，聽到「語笑盈盈」四字，不由得痴了。這時那女子強抑哭聲，顯得其悲更甚。

余魚同心想：「這一定是一對走江湖的夫婦流落在此，丈夫患了重病，妻子給他唱首解憂。」一摸身邊有幾隻元寶，點亮蠟燭一看，都是金子，原來是李沅芷留下的。余魚同心道：「我送他們兩隻元寶，如能把他疾病治好，夫婦兩人就好回歸故鄉……唉，我能救人，可是誰能救我呢？」他走到隔房門口，輕輕敲門。裏面靜了下來，那女子道：「對不住，吵了您老人家，我不唱了。」余魚同道：「請你開門，我有話對你說。」那女子聽他語氣溫和，遲疑一下，把門開了。

余魚同走進房內，只見一個青年男子睡在炕上，雙頰深陷，兩目無光，病勢極重。那女子身材嬌小，臉色也憔悴異常，雙目哭得紅腫，見余魚同是秀才打扮，施了一禮。余魚同把兩隻金元寶放在桌上道：「這點錢送給這位治病，你快去請醫生。」那女子吃了一驚，望著余魚同說不出話來。余魚同道：「治好病後，你們馬上就回故鄉去吧，不要在外面混了。我去啦。」手一舉，轉身欲出。那女子忙道：「相公慢走。」

余魚同停了步，那女子道：「請問相公高姓大名。」余魚同一笑道：「這一點點錢，何足掛齒。聽你們口音，也是江南人，為什麼流落到了中州？」那女子向炕上病人望了一眼，見他情況更危，哭道：「我本來不敢說，不過他不成了，我也不能活。說出來也好讓人知道官府的狠毒。」余魚同道：「你們也受了官府的欺侮？」那女子道：「他姓焦。我們是杭州人，兩人是表兄妹，從小父母就給我們對了親。去年衙門裏把他抓了去，說要去打什麼回子，我們家裏窮，沒銀子來贖，只好眼睜睜的讓他去了……」說到這裏，眼淚不斷流下來，過了一會又道：「我沒法子，要吃飯，只好低三下四的給人唱曲陪酒，人家給我起個名頭叫什麼玉如意。」原來紅花會在西湖上和乾隆相會，叫玉如意唱曲，余魚同並不在場，後來他受了傷到天目山休養，選花、誘帝等情節是更加不知了，所以這時聽了她這番話，只是痛恨皇帝窮兵黷武，荼毒百姓而已。

玉如意又道：「後來遇到一位姓陸的公子，幫他做了一件事，他賞了我一千兩銀子。」余魚同道：「嗯，他手面很闊氣。」玉如意道：「我那時想，他不回來，我要這許多銀子幹麼呀？所以我帶了銀子，想到軍中去求求將軍，把他贖回來。人家說，一個孤身女子帶了這許多錢，路上莫遇到盜賊，那知盜賊沒有遇上，卻遇上了官府的公差。不但把我的銀兩搶得乾乾淨淨，還說要把我送縣官做小老婆……」余魚同拍案大叫：「什麼地方的公差？快說。」玉如意道：「唉，那也不必說了，到處的都是一樣。我夜裏偷偷逃出來，一路賣唱到了這裏。也真巧，他在回部餓得實在受不了，也逃了出來，聽見我唱歌的聲音，這才團圓。他被折磨得這樣……」余魚同道：「嗯，真是可憐。」他轉頭問炕上的男子：「兆惠的大軍缺糧缺得很厲害吧？」

那男子已聽不見余魚同的問話，指著玉如意，顫巍巍的說：「我……我要去了……妹子……你好好過日子……再唱一個曲……兒……」玉如意含淚說：「好，我唱。」她撥動琵琶，但那裏唱得成聲，弦索聲中，只見那男子頭一側，斷了氣了。玉如意把琵琶一放，並不哭泣，從炕下掏出一個包裹來，交給余魚同道：「這裏面的東西，據說很值錢，我也不懂，相公是讀書人，請你收下吧。」余魚同愕然接住，玉如意忽然一頭向炕角上撞去，余魚同一拉，那裏來得及，一個嬌小玲瓏的青年女子，已撞得腦漿迸裂而死。

余魚同感嘆良久，打開包裹，見是三卷書畫，不多看，重又包好，忽忽寫了一封書信，留下那兩隻金元寶，命客店老闆代為收殮，於是越窗而出。

連載版裏，在客店唱曲的是玉如意，與之前在西湖船上唱曲時說到表哥的情節關聯，講述二人是表兄妹，分別逃了出來，男子傷重而亡，最後玉如意也自殺而死，余魚同寫下一封信，留下元寶命店老闆代為收殮。修訂版因為主要以余魚同為故事情節發展中心，所以沒有點明唱曲的是玉如意，而且整段刪除了玉如意的全部情節，改為：

他心中思量著「多情便有多憂」這一句，不由得痴了。過了一會，歌聲隱約，隔房聽不清楚，只聽得幾句：「……美人皓如玉，轉眼歸黃土……」出神半晌，不由得怔怔的流下淚來，突然大叫一聲，越窗而出。

修訂版改寫後簡潔明瞭，不點出唱曲人的姓名，但緊扣主題，直接從唱曲、聽曲反映出余魚同當時的複雜心境。

七、各回其他情節的修訂

第一回　古道騰駒驚白髮　危巒快劍識青翎

介紹陸菲青時，連載版也介紹了其師兄弟：

陸菲青有師兄弟三人，大師兄馬真，陸菲青第二，師弟張召重。馬真閑雲野鶴，雖是武當派掌門人，但對本門事務不大經管。師弟張召重年富力強，當年師父偏愛小徒弟，本門技業傳他特別多，陸菲青文武兼通，武當派武功著重悟性，所以他數十年浸淫，也深得內家秘要，以無極玄功拳、芙蓉金針，柔雲劍三絕技稱雄江湖。三位師兄弟中，倒是馬真技藝最差，張召重熱中名利，投身清朝，已混得一個三品功名，當年陸菲青和他劃地絕交，師兄弟間已恩斷義絕。

修訂版為保留懸念而刪除這段，通過故事情節的發展不斷讓其師兄弟陸續登場。

敘述陸菲青與焦文期當年失和的原因，連載版說：十多年前和陸菲青在直隸言語失和，動過一次手。修訂版為分清二人的善惡，改為：十八年前在直隸濫殺無辜，給陸菲青撞上了，出手制止。

描寫霍青桐出場時，連載版：

只見一個黃衫女郎騎了一匹白馬走過身邊。那女郎美貌絕倫，光采照人，帽子上長長的插著一根翠綠羽毛，又英武，又嬌媚。

修訂版改為：

一個黃衫女郎騎了一匹青馬，縱騎小跑，輕馳而過。那女郎秀美中透著一股英氣，光采照人，當真是麗若春梅綻雪，神如秋蕙披霜，兩頰融融，霞映澄塘，雙目晶晶，月射寒江。

修訂版更令人難忘，除了描寫出霍青桐的魅力，更寫出英姿颯爽，形象突出。後文加入一句，帽邊插了一根長長的翠綠羽毛，作為其「翠羽黃衫」的象徵。

介紹霍青桐時，連載版：

她是天山奇俠陳正德的夫人關明梅的得意愛徒，已深得天山派武功的真傳，陳正德和關明梅都是天山派中卓逸不群的人物，號稱天山雙鷹，兩人年紀都已六十多歲，然而夫妻見了面就吵嘴，分開了又互相想念，真是一對老歡喜冤家。霍青桐常常從中調解，但也沒有什麼效果。

修訂版刪除，保留懸念，隨著情節的展開塑造人物，不同於一般的通俗小說。

看來他們背的那個紅布包袱才是真正要物，修訂版加入一句：鏢行中原有保紅鏢的規矩，大隊人手只護送幾件珍寶，至於包中是什麼「玩意兒」，他也不去理會。

錢正倫、戴永明和童兆和給駱冰夫婦賠罪時，孫老三把三張紅帖子遞上去，連載版說，

少婦不接，也不答理，回身轉去，大概是和炕上那男子商量些什麼，過了一回，出來道：「請進來吧。」錢正倫等四人進得屋去，見那少婦緊靠在炕上男子身旁，目不轉瞬的盯住進來的四個人，雖見他們身披長袍，不帶兵刃，一副以禮相待的神色，但怕他們有什麼詭計，全神監視。……炕上那男子一聲不響，似乎沒聽見。少婦低聲道：「大哥，鎮遠鏢局來了人向你陪不是。」那男子迷迷糊糊的仍舊不作聲。……錢正倫看那男子全身裹著布帶，也知是實情。

駱冰夫婦二人躲避官府追殺，文泰來又身受重傷，駱冰怎會允許三個陌生人進屋，顯然不符合情理，修訂版改為，那少婦站在門口，瞪著鏢局中這四個人。由於文泰來身受重傷躺在屋內，因此修訂版駱冰並未讓四人進屋看到文泰來，而是站在門外說話。

第二回　金風野店書生笛　鐵膽荒莊俠士心

敘述張召重時，連載版：

那個所謂張大人，正是陸菲青的師弟張召重，江湖綠林中有一句話道：「寧碰閻王，莫碰老王，寧挨一槍，莫遇一張。」老王是指威鎮河朔王維陽，一張就是這個火手判官張召重，這兩人一個做鏢客，一個做官，專門與綠林豪傑作對，心狠手辣，武功高強，黑道上的人談起來莫不畏懼三分。陸菲青共有師兄弟三人，師父偏愛小徒弟，傳授張召重武藝特多。陸菲青與他道不同不相為謀，當年已劃地絕交，不想今日，狹路相逢。昨晚他躲在一旁看他與李霍兩人交手，見他三招兩式，功力深不可測，一別十年，想不到已進境如此，自己實非他之敵手。以如此身手而甘為清廷鷹犬，正是不可輕侮的強敵，從李沅芷偷聽來的話中琢磨，他是為紅花會的要犯而來，那兩人不受傷已非他之敵，現在如何能逃脫此難。

修訂版刪除這段，將介紹張召重的情節放在後文。同時，修訂版改變了陸菲青認為「自己實非他之敵手」的想法。另外，由於王維揚是正面人物，修訂版在後文改變了其「專門與綠林豪傑作對，心狠手辣，武功高強，黑道上的人談起來莫不畏懼三分」的評論。

陸菲青認為書生是大師兄的徒弟，修訂版加入：

陸菲青師兄弟三人，他居中老二，大師兄馬真，師弟張召重便是昨晚李沅芷與之動手過招的「張大人」。這張召重天份甚高，用功又勤，師兄弟中倒以他武功最強，只是熱衷功名利祿，投身朝廷，此人辦事賣力，這些年來青雲直上，已升到御林軍驍騎營佐領之職。陸菲青當年早與他劃地絕交，昨晚見了他的招式，別來十餘年，此人百尺竿頭，又進一步，實是非同小可。這一晚回思昔日師門學藝的往事，感慨萬千，不意今日又見了一個技出同傳的後進少年。

補敘了陸菲青師兄弟三人的往事。

張召重名震江湖，修訂版加入：

外號「火手判官」。綠林中有言道：「寧見閻王，莫見老王；寧挨一槍，莫遇一張。」「老王」是鎮遠鏢局總鏢頭威震河朔王維揚，「一張」便是「火手判官」張召重了。這些年來他雖身在官場，武林人物見了仍是敬畏有加。

連載版說：文泰來紅花有四個花瓣。修訂版改為：紅花有四片綠葉相襯，並加入一句：陸菲青心想：「這是他們會中暗記，這人坦然相告，那是毫不見外，當我是自己人了。」

描寫二人對弈時，連載版：

持黑子的是一個青年公子，穿著白色長衫，臉如冠玉，儼然是一個貴介子弟。持白子的卻是一個莊稼人打扮的老者。

修訂版改為：

持白子的是個青年公子，身穿白色長衫，臉如冠玉，似是個貴介子弟。持黑子的卻是個莊稼人打扮的老者。

並在後面作了注釋，按：「中國古來慣例，下圍棋尊長者執黑子，日本亦然，至近代始變。」使得作品增添更多知識。

陳家洛自我介紹時，修訂版加入：「小侄曾聽趙三哥多次說起老伯大名，想像英風，常恨無緣拜會。適才陪師父下棋，不知老伯駕到，未曾恭迎，失禮之極，深感惶恐。」表現了少舵主的吐屬文雅。

陸菲青與趙半山長談，修訂版加入：陸菲青避禍隱居，於江湖上種種風波變亂，一無所知，此時聽趙半山說來，真是恍如隔世，聽到悲憤處目眦欲裂，壯烈處豪氣填膺。表現了二人故交多年的深厚感情。

第三回　避禍英雄悲失路　尋仇好漢誤交兵

駱冰取雙刀輕輕出房，修訂版加入一句疑問：尋思：「他們既出賣大哥給官府，又救我幹什麼？多半是另有奸謀。」

萬慶瀾勒索周仲英，連載版：「周老英雄在這裏廣置產業，這點點小數目，也未必在您心上。」修訂版改為：「周老英雄家財百萬，金銀滿屋，良田千頃，騾馬成群，乃是河西首富，這點點小數目，也不在你老心上。常言道得好：『消財擋災』，有道是『小財不出，大財不來』。」修訂後更反映了萬慶瀾卑鄙無恥的貪婪本性。

隨後修訂版加入：周仲英為公差到鐵膽莊拿人，全不將自己瞧在眼裏，本已惱怒異常，又覺江湖同道急難來奔，自己未加庇護，心感慚愧，實在對不起朋友，而愛子為此送命，又何嘗不是因這些公差而起？這兩天本在盤算如何相救文泰來，去找公差的晦氣，只是妻離子亡，心神大亂，一時拿不定主意，偏生這些公差又來滋擾，居然開口勒索，當真是「怒從心上起，惡向膽邊生」。由於公差萬慶瀾的勒索，使本來拿不定主意的周仲英堅定了幫助紅花會營救文泰來的信心，修訂後更增加了周仲英助紅花會反清救人說服力。

徐天宏攔住萬慶瀾回來，修訂版加入：坐在周綺下首。周綺圓眼一瞪，喝道：「滾開！你坐在姑娘身邊幹麼？」萬慶瀾拉開椅子，坐遠了些。

第四回　置酒弄丸招薄怒還書貽劍種深情

連載版：

陳家洛請宋善朋查點了一下人數，莊丁僕婦一共是六十一人。陳家洛命心硯從包裹中取出紙筆墨盒，在火把照耀下寫了一張字條，交給宋善朋道：「這次各位損失很重，兄弟萬分過意不去。各位到了安西，在在都要用錢，這裏是一點小意思，請各位賞臉收下。」宋善朋接過那張字條來一看，不由得呆了半晌，說不出話來。孟健雄走近一看，見字條上寫道：「憑條支文銀一萬兩」八個大字，下面簽著一個花押，筆走龍蛇，看不清楚簽的是什麼字。孟健雄道：「陳當家的，你的好意我們心領，這萬萬不能收。」陳家洛道：「這筆錢請宋爺到安西後到玉虛道觀去支取，其中是孟爺和安爺的寶眷各一千兩，宋爺五百兩，其餘六十二人每位一百兩，另外的餘數供各位路上使費。」孟健雄還要推辭，陳家洛道：「孟爺再不肯收，那就太見外了。」孟健雄望著師父，向他請示，周仲英素性慷慨豪邁，最討厭這種推來推去的客套，說道：「陳當家的既然有這個意思，你們就領謝吧。」宋善朋這才謝過收下。陳家洛所以不送周仲英和周綺銀錢，是特別尊重他們，周仲英對這點老懷甚喜，說道：「陳當家的，你總算瞧得起我老頭子。」說著連連拍他肩膀。

修訂版為緊湊接下來營救文泰來的故事情節，刪除鐵膽莊善後的這段內容。

周仲英和于萬亭的關係，兩個版本不同。

連載版：

周仲英道：「我也是在少林寺學的啊。」他一手拿著酒杯，皺眉思索，突然問道：「他相貌有什麼特別的地方？」徐天宏道：「他雖然六十多歲了，看上去還是很英俊的，只是右邊額角上有一個大傷疤，所以右眉是沒有的。」周仲英把酒杯重重在桌上一放，眼中忽然流下淚來，哽咽著道：「師兄師兄，我早疑心是你，你瞞得我好苦。」徐天宏等見他神情突然大變，都驚呆了。

周仲英道：「老弟，文奶奶，你們于老當家可並不姓于，你們知道麼？」徐天宏道：「哼，他姓沈。」周仲英「啊」了一聲道：「不錯，他姓沈，真名字叫做沈有穀，他是我師兄。我們師兄弟情誼好不過。後來他犯了門規，被師父逐出少林門，徒此我們就不知道他的音訊，我在江湖上到處打聽，都沒一點消息，總以為他心灰意懶，不再出山，那知他改名換姓，做了這樣一番轟轟烈烈的大事出來。從前就聽人說紅花會總舵主武術是少林派，隱隱約約有點疑心，寫了幾封信給他，他客客氣氣的答覆了我，完全當我是未見過面的朋友看待。我想我沈師兄是至性至情之人，決不能如此待我，所以也就沒再往這條路猜。師兄師兄，你待你師弟就如此薄情嗎？」說著心情十分激動，又道：「要是我早幾月知道，一定不顧一切的趕到江南，也好讓老兄弟再見一面。現在人鬼殊途，永沒相見之日了。」他大口乾杯，自怨自艾，感慨無已。

修訂版改為：

周仲英道：「我是河南少室山少林寺本寺學的。北少林南少林本是一家，我跟于老當家雖非同寺學藝，卻也可算得是同門。」又道：「我曾聽人說，紅花會總舵主的武功跟少林家數很近，我心下很是仰慕，打聽他在少林派中的排行輩份，卻無人得知，心下常覺奇怪。以他如此響噹噹的人物，若是少林門人，豈有無人得知之理？我曾寫了幾封信給他。他的覆信甚是謙虛，說了許多客氣話，卻一字不提少林同門。」

連載版裏，周仲英和于萬亭二人是師兄弟，而且關係非常親密，因此周仲英對于萬亭也非常瞭解，知道他的原名叫沈有穀，同時知道後來他犯了門規被師父逐出少林門的經歷。修訂版完全淡化了二人師兄弟的親密關係，改為二人雖是出于少林同門，但周仲英以前並不知道于萬亭，因此也刪除周仲英瞭解于萬亭犯門規被逐出少林的情節，為後文情節發展留下懸念。

駱冰說于老當家「到杭州府海寧州去」，連載版，

周仲英暗暗點頭，輕輕嘆道：「這幾十年來始終不能忘情。」周綺道：「不能忘什麼情？」周仲英道：「你不懂的。」周綺道：「所以我問你呀！」周仲英不理她，周綺依稀見徐天宏似笑非笑的模樣，賭氣就不問了。

由於修訂版已經刪除周仲英和于萬亭的師兄弟關係，周仲英不會知道于萬亭的一些私事，因此修訂版刪除這段。

常伯志說張召重模樣，修訂版加入，「先人板板，模樣倒硬是要得」。常伯志是川人，加入四川方言，刻畫人物性格，增一絲文趣。

陳家洛分派任務，連載版：

章進大叫：「快說快說，我只要喝一滴酒就叫眾位哥哥瞧不起。」陳家洛道：「那好極

了，有三件差使要請十哥一力擔承。第一，你在這裏留守，如有官兵公差向東去，一概擋住。第二，等陸周兩位前輩趕到，你請他們即刻上來助戰。第三，我們把四哥一救出，當你和四嫂護送他到回疆我師父天池怪俠那裏養傷，在甘肅境內，我們大夥全力保護，一過星星峽，大夥就轉身回江南總舵，以後的擔子可全要你挑了。」陳家洛說一句，章進應一句，滿心喜歡，沒口子答應。

修訂版沒有那麼複雜，對於分派章進的任務很簡潔：「十哥就在這裏留守，如有官兵公差向東去，設法阻擋。」

眾人劫鏢車時，修訂版加入常氏兄弟的舉動：常氏雙俠奔近大車，斜刺裏沖出七八名回人，手舞長刀，上來攔阻。常氏雙俠展開飛抓，和他們交上了手。

周綺點點頭說「那就是了」，修訂版加入：周仲英搖頭好笑。他武藝精強，固是武林中的第一流人物，只是性格粗豪，不耐煩循循善誘，教出來的徒弟女兒，功夫跟他便差著一大截，偏生這位寶貝姑娘又心腸最熱，一遇上事情，不管跟自己是否相干，總是勇往直前。進一步豐富了周綺的形象。

霍青桐與閻世章比試，修訂版加入：陳家洛向余魚同一招手，余魚同走了過去。陳家洛道：

「十四弟，你趕緊動身去探查四哥下落，咱們隨後趕來。」余魚同答應了，退出人圈，回頭向駱冰望去，見她低著頭正自痴痴出神，想過去安慰她幾句，轉念一想，拍馬走了。眾人目的是為了救文泰來，如果都圍觀看霍青桐與閻世章爭鬥不符合情理，因此先讓余魚同離開打探消息。

周仲英問徐天宏受傷之事，連載版：

徐天宏道：「剛才這裏給人打了一拳。」周仲英道：「誰打的？受傷了麼？」徐天宏道：「沒傷，不過是有點痛，還不是這個壞蛋打的。這人下手好狠。」大家以為他說錢正倫，楊成協走去，抓住他的衣領一把提了起來，喝道：「你還敢打人？」錢正倫道：「我……我沒有呀！」徐天宏道：「八弟，算了，誰打了，自己肚裏明白。」楊成協把錢正倫在地上一扔，「呸」了一口。周綺橫眼看著徐天宏，心道：「好，你這小子，又繞了彎來罵我。」

作為紅花會英雄，徐天宏不可能拿別人做擋箭牌，因此修訂版改為：

徐天宏沉吟不答，過了一會，才笑笑道：「沒甚麼。」可已將周綺嚇出了一身汗，心道：「好，你這小子，總是想法子來作弄我。」

第五回　烏鞘嶺口拚鬼俠　赤套渡頭扼官軍

陸菲青向韓文沖承認是自己殺的焦文期，修訂版加入一句：「焦文期既受陳府之托，尋訪公子，便須忠於所事，怎地使了人家錢財，卻來尋我老頭子的晦氣？」增加的內容與前文所述焦文期的行踪相關聯。

陳家洛與張召重比試前，修訂版加入：此番紅花會群雄追上官差，若依常例，自是章進、衛春華等先鋒搶先上陣。但張召重名氣太大，陳家洛不由得技癢，挺身搦戰。主帥既然出馬，無塵等也就不便和他相爭。解釋了陳家洛親自上陣迎戰張召重的原因。

清將兆惠的官職，連載版是「征西大將軍兆」，修訂版是「定邊將軍兆」。符合史實。

無塵早已沖了出去，連載版：那些清兵有的曾親眼見他殺人，有的也已知道一個凶道人連殺了一名參將、兩名游擊、一名千總，忽然見他沖將過來，連忙放箭。無塵一勒馬，馬向斜路上竄了開去，眾清兵心中正自慶幸，那知馬蹄響處，這人又已沖到跟前，這時放箭已自不及，各舉兵刃抵禦。修訂版刪除無塵連殺清兵將領致使清兵害怕的情節。

群雄絲毫不見徐天宏等踪迹。連載版：正奔之間，突然坐騎肚腹中箭，前腳一軟，倒了下來。一名千總揮起大刀當頭向無塵劈來，無塵不等雙足著地，在鐙上一借力，憑空拔起，落在那千總身後的馬鞍上。那千總一刀把無塵坐騎的馬頭劈成兩半，同時無塵的劍也自背透胸把他對穿了一個洞。無塵右肘一撞，把千總撳在地下，奔到土丘後面。修訂版刪除。

敘述清軍援救張召重的緣由，連載版：

原來征西大將軍兆惠奉旨出兵回部，為了要使回部各族居民措手不及，所以統率大軍連夜行軍。這日渡了黃河，先頭部隊回報土匪擋道，雖然人數很少，但驃悍異常，已傷了數名參將游擊。兆惠命大軍繼續趕路，令副將王本梁率兵「剿匪」，那知這批「土匪」在大軍中擊沖直撞，如入無人之境。兆惠大怒，命王本梁帶領五百鐵甲軍沖了過來。蔣四根在船中望見清兵部署，知道鐵甲軍厲害，忙飛騎趕來報信。

修訂版刪除，將這段情節放在清兵與維部的大戰之後，陳家洛在船上通過詢問抓到的清將，得知他們趕來援助的原因。

陳家洛詢問將官清兵連夜趕路的原因，修訂版加入：陳家洛道：「你們要去回疆，怎麼又來管我們的閑事？」那將官道：「兆大將軍得報有小股土匪騷擾，命小將領兵打發，大軍卻沒停下來……」他話未說完，楊成協又是一拳，喝道：「你他媽的才是大股土匪！」那將官道：「是，是！小將說錯了！」作者修訂時不再運用傳統小說敘述故事的方式，而是借助人物間的對話來講故事。

陳家洛擔心四哥、七哥、周姑娘、陸老英雄師徒的下落，連載版：「要是他有什麼三長兩短……唉，那也是氣數使然。」作為總舵主，不應當有「那也是氣數使然」這種消極思想，因此修訂版改為「只盼他們沒甚麼三長兩短……」

安排已畢，連載版：群雄又各下船，順風順水，一時間又流下二十餘裏。陳家洛命蔣四根把王本梁捆住拋在船裏，順水流去。群雄俱都登岸，找尋店房飽餐休息。修訂版：陳家洛命蔣四根將那將官反剪縛住，拋在筏子裏順水流去，是死是活，瞧他的運氣了。交代了群雄對抓到清軍將官的處理。

第六回　有情有義憐難侶無法無天振饑民

周綺給徐天宏治傷，連載版：

徐天宏自十二三歲起浪蕩江湖，人情鬼蜮，世態炎涼，無不冷暖遍嘗，一身受過千辛萬苦，在憤世嫉俗之餘，不免玩世不恭。他生來機變百出，事到臨頭，每每先發制人，真可說是料無不中，算無遺策，所以得了個「武諸葛」的名號。他在江湖上常見許多英雄人物誤於女色，每因勘不破情關，到頭來弄得身敗名裂，二哥無塵道人一番傷心事迹，他更引為大戒，所以雖然年過而立，一見女人就避之惟恐不及。周綺一路上和他鬧醒小孩脾氣，他總是故意想點小計謀來作弄她，每次都是他占上風，把周綺嘔得愈來愈氣。

此時周綺正給徐天宏治傷，著重表現二人感情的增進，突兀地出現這樣一段對徐天宏的評論，不合時宜，因此修訂版刪除，將介紹徐天宏的情節放在後文。

老婆婆說到兒子被打原因，連載版：兒子因為交不出地租，給地主一頓打。修訂版改為：兒子到鎮上賣柴給狗咬了，一扁擔把狗打死，哪知這狗是鎮上大財主家的，給那財主叫家丁痛打了一頓。

那家人不敢不依周綺，連載版：於是說道：「我回去拿一盞燈籠。」周綺道：「拿什麼燈籠?快走快走，人家是急病，你知不知道?」那家人心中暗暗打算，待會見了老爺，當然關照他不去看病，就是被那惡女人逼去，也得故意不把病看好。修訂版刪除。

曹司朋連說：「不敢。」修訂版加入：周綺怒道：「你說我不敢剁?我偏偏剁給你看。」說著拔出刀來。曹司朋忙道：「不，不，不是姑娘不敢剁，是……是小的不敢叫。」周綺一笑，還刀入鞘，心道：「我還真不敢剁你的狗頭呢，否則誰來給他治病？」為周綺行俠仗義增添一份幽默。

兩人來到老婆婆家，連載版：曹司朋一路心中惴惴不安。不知這女強盜要擄他到什麼地方去。進了門，老婆婆點了燈迎出來，見周綺和曹司朋同來，不禁大為驚奇，她想到曹司朋當時拒醫她兒子傷病的情形，滿腔悲憤，對他不加理睬。修訂版刪除。

周綺叫藥材店配了十多帖藥，修訂版加入：

總共是一兩三錢銀子，一摸囊中，適才取來的五隻元寶留在老婆婆家裏桌上，匆忙之中沒帶出來，說道：「賒一賒，回來給錢。」店夥大急，叫道：「姑娘，不行啊，你……你不是本地人，小店本錢短缺……」周綺怒道：「這藥算是我借的，成不成？將來你也生這病，我拿來還你。」店夥道：「這是醫治刀傷的藥，小的……小的不跟人打架。」周綺怒道：「你不會給刀砍傷？哼，說這樣的滿話！」刷的一聲，拔出單刀，喝道：「我便砍你一刀，瞧你受不受傷？」店夥見了明晃晃的鋼刀，雙腿一軟，坐倒在地，隨即鑽入了櫃檯之下。周綺是富家小姐，與駱冰不同，今日強賒硬借，卻是生平第一次，心中好生過意不去。

增加的一段，著重表現了周綺為了給徐天宏治傷，被逼無奈生平第一次強賒硬借，為二人感情的進一步發展做了鋪墊。

徐天宏見問不出什麼道理，修訂版加入：伸手端藥要喝，手上無力，不住顫抖，將藥潑了些出來。周綺看不過眼，將藥碗接過，放在他嘴邊。徐天宏就著她手裏喝了，道：「多謝。」曹司朋瞧在眼裏：心想：「這兩個男女強盜不是兄妹，哪有哥哥向妹子說『多謝』的？」從曹司朋看喝藥的角度反映二人不是親兄妹的身份。

曹司朋按住創口，連說：「不敢。」修訂版加入：「周綺怒道：「你說我不敢？」曹司朋道：「不，不，不是姑娘不敢，是……是小的不敢。」增添一絲文趣，也深刻塑造了周綺形象。

周綺道：「怎麼?你又不高興了?又在想法子作弄我是不是?」連載版：徐天宏道：「你別瞎疑心。」修訂版改為：徐天宏笑道：「不敢，不敢，是小的不敢，不是姑娘不敢。」周綺哈哈大笑，道：「也不揀好的學，卻去學那狗大夫。」徐天宏笑道：「甚麼狗大夫?是治狗的大夫呢，還是像狗一樣的大夫?」周綺格格而笑，道：「是治狗的大夫。」修訂增加的一段，徐天宏模仿曹司朋的口吻回答周綺，既體現了了徐天宏「武諸葛」的聰明智慧，又表現了二人感情的進一步增進。

王維揚寫信給韓文沖催他即日赴京，護送一批重寶前赴江南，連載版，信中還提及大軍西征，有數十萬兩銀交他們鏢局護送，所以局中人手更加不足云云。大軍西征這樣的軍事機密被一個鏢局知曉不符合情理，因此修訂版刪除信的內容，改為，其餘的都無關緊要。

徐天宏見沿河百姓都因黃水大漲而人心惶惶。連載版，河江水官平日窮奢極欲，把國家用來治水的公款大都飽入私囊，現在上游水漲的急報如雪片飛來，這批酒囊飯袋事到臨頭有什麼辦法。比較好的，還去召集人夫在堤邊培點土，加幾隻麻袋，其餘的不是求神拜佛，就是連上表章，誇大水勢，以便決堤之後，為他日自己脫罪張本。修訂版刪除。

徐天宏見災象暗暗嘆息，連載版：「將來咱們紅花會要是能得志於天下，這黃河非好好加以治理不可。」由於當時徐天宏並不知道紅花會反滿復漢的重大秘密，因此不應當有這種想法，修訂版刪除。

陳家洛探手入懷摸住霍青桐所贈短劍，修訂版加入一段感受：回首西望，眾星明亮，遙想平沙大漠之上，這星光是否正照到了那青青翠羽，淡淡黃衫？

駱冰在二人之後，修訂版加入：她怕白馬遠赴回疆，來回萬里，奔得脫了力，這兩日一直緩緩而行。增加一段與前文敘述白馬遠赴回疆報信的情節相關聯。

群雄救濟部分災民後離開，連載版：

奔出四五裏路，陳家洛把手一揮，教大家停下來，說道：「咱們紅花會以救民為己任，眼見這許多百姓遭受大難，雖然咱們身上有事，可是總不能見死不救。各位哥哥有何高見？」徐天宏道：「小弟一路盤算，只有一條路可行。」眾人忙問是何辦法。徐天宏道：「劫官府，逼大戶。」陳家洛道：「不錯，前面就是蘭封。蘭封素稱殷實，府庫積貯一定不少，為富不仁之徒也必眾多，咱們到那裏相機行事。」眾人上馬又行。周綺向徐天宏點頭微笑，意示嘉許。

群雄此行目的是為了救文泰來，因此必須隱秘行事，即使要救災民，也不應當有主動劫官府的打算，但修訂改為後來碰巧遇到官兵運糧而劫糧救災民，就比較符合情理了。

陳家洛分撥人手，連載版，

周仲英率領周大奶奶、周綺、徐天宏混入蘭封西門，只待城中火起，就殺死守城官兵，放災民入城；無塵率領楊成協、章進、蔣四根在北門行事；趙半山率領衛春華、駱冰、石雙英在南門行事；陳家洛率領孟健雄、安健剛、心硯在城中心放火。各人化裝災民，分頭向四處災民宣稱明日午後蘭封城內發賑濟錢糧，每人銀子一兩，麥子一斗。次日傍晚大夥混入城中舉事。

修訂版刪除，沒有像傳統小說那樣具體敘述，而是後來隨著全書情節的展開講故事。

孫克通不答應派兵，連載版：

刑名師爺馮山蒼道：「東翁，這件事非這個不行。」他雙手拱起，做了一下元寶的姿勢，王伯道道：「只好如此。」回衙撥了一千兩銀子，叫馮山蒼送到孫克通那裏，說是慰勞士兵，果然有錢能使鬼推磨，五百名兵丁就在各處巡邏起來。

修訂版刪除。

第七回　琴音朗朗聞雁落　劍氣沉沉作龍吟

陳家洛到西湖散心，修訂版加入：

心想：「袁中郎初見西湖，比作是曹植初會洛神，說道：『山色如娥，花光如頰，溫風如酒，波紋如綾，才一舉頭，已不覺目酣神醉。』不錯，果然是令人目酣神醉！」他幼時曾來西湖數次，其時未解景色之美，今日重至，才領略到這山容水意，花態柳情。

表現了陳家洛的出眾文才。

陳家洛忽聽山側琴聲朗朗，連載版：

陳家洛是世家子弟，琴棋書畫，無所不會，無所不精，一聽那琴彈的是普安咒，琴中隱隱傳出梵唱鐘磬之聲，心道：「這人倒也雅致。」

修訂版改為：

只聽那人吟道：「錦綉乾坤佳麗，御世立綱陳紀。四朝輯瑞征師濟，盼皇畿，雲開雉扇移。黎民引領鑾輿至，安堵村村揚酒旗。恬熙，御爐中靉靆瑞雲霏。」陳家洛心想，這琴音平和雅致，曲詞卻是滿篇歌頌皇恩，但歌中「村村揚酒旗」這五字不錯，倘若普天下每一處鄉村中都有酒家，黎民百姓也就快活得很了。

吟曲滿篇歌頌皇恩，為乾隆出場做鋪墊。

那人見到陳家洛，連載版：

站起身來，高聲向陳家洛笑道：「這位兄台既是知音，請過來談談如何？」陳家洛拱了拱手道：「適聆仁兄雅奏，令人煩俗盡消，真是幸會。」

修訂版改為：

陳家洛拱手道：「適聆仁兄雅奏，詞曲皆屬初聞，可是兄台所譜新聲嗎？」那人笑道：「正是。這『錦綉乾坤』一曲是小弟近作。閣下既是知音，還望指教。」陳家洛道：「高明，高明！詞中『安堵村村揚酒旗』一句尤佳。」那人臉現喜色，道：「兄台居然記得曲詞，請過來坐坐。」陳家洛心想：「甚麼『盼皇畿』、『黎民引領鸞輿至』，大拍皇帝馬屁，此曲格調也就低得很。」但不知何故，對此人心中自生親近之意。

通過二人初遇對話逐漸拉近感情。

拜見皇帝的官員，連載版是「兩浙按察司尹章垓」，修訂版是「浙江布政司尹章垓」。符合史實。

陳家洛見是皇帝不禁出了一身冷汗，連載版：

只聽見乾隆皇帝笑道：「你回家去好好休息吧！」尹章垓又叩了幾個頭站起來退出。乾隆向身旁的老者一使眼色，那老者跟在尹章垓後面，走出大廳，在他背上輕輕一拍，說道：「皇上賜死，你叩頭謝恩吧。」尹章垓嚇得呆住了，過了半晌，哈哈一笑，說道：「忠言逆耳，百姓多難，我尹章垓無愧於心，雖死何憾？」於是跪下來朝著大廳叩頭，那老者伸手在他背上一掌，後心肋骨打折，登時斃命。那老者命兵士把他屍體帶了出去。陳家洛和趙半山在屋檐下這一切看得清清楚楚，心想君皇之威，一至於此，一位大臣不過勸諫了幾句，立時被秘密處死。那老者進去覆命，說道：「尹大人忽然中風，救治不及，已經死了。」乾隆點點頭道：「怎麼好端端的忽然死了，可惜可惜。」其餘幾位大臣嚇得大氣也不敢出，浙江臬台竟牙齒打戰，抖個不停，乾隆道：「你們出去吧，十萬石軍糧徵集運去。」那幾個大臣諾諾連聲，叩頭退出。只聽得乾隆皇帝道：「起去！你這頂帽兒，便留在這裏吧！」

乾隆在歷史上不是暴君，對於乾隆而言，一名大臣勸諫幾句不致於就被秘密處死，不符合史實，因此修訂版改為：

尹章垓又叩了幾個頭，站起身來，倒退而出。乾隆向其餘大臣道：「尹某辦事必有情弊，督撫詳加查明參奏，不得循私包庇，致干罪戾。」幾個大臣連聲答應。乾隆道：「出去吧，十萬石軍糧馬上徵集運去。」那幾名大臣諾諾連聲，叩頭退出。

老者稍一遲疑，連載版：

心硯忽從陳家洛身旁竄出來，戟指罵道：「你這老不死，今天竟想抓我，我家公子看你主人面上，不來和你計較，我也看著我家公子面上，讓你一讓，你還在這裏撒什麼野？」那老者怒吼一聲，其快如風，已欺到心硯身旁，一抓抓住他的手臂。心硯只感到手臂如一只熏紅了的鐵鉗鉗住，又痛又熱，動彈不得。陳家洛和趙半山齊各大驚，雙雙來救，那老者把心硯一拋，兩掌分敵來人，心硯在空中打了一個跟斗，輕飄飄落下地來，他不敢再肆口舌。忽哨一聲，當先便走。

修訂版刪除。

陳家洛等跳上一艘西湖船，連載版是陳家洛、趙半山和心硯三人，修訂版沒有心硯。隨後的情節，連載版說：

船夫舉槳把船蕩入湖中。那老者見岸邊另有一隻游船，和五名侍衛一齊落船，見船梢坐著一個船娘，青帕包頭，一身素衣，身材似乎十分苗條。那老道：「快開船，追上前面的船，重重有賞。」那船娘笑道：「怎個的？半夜三更還遊湖麼？我們當家的上岸去了，馬上就回來啦，你們幾位等一等成麼？」一名侍衛不耐煩，一刀把繫船的繩索砍斷，另一名侍衛花槍一撐，那只西湖船就離岸數丈，掉過頭來。

那船娘笑道：「啊喲，從來沒見過這樣性急的遊湖客人，真是一點也不懂風雅。」那老者不理她，一味催促追趕。船娘舉槳划船，眼見前面那艘游船向蘇堤橋洞下溜去，一名侍衛拿起一塊船板，幫著撥水，兩船漸漸近，忽然湖旁殘荷叢中，垂柳影下，輕輕的滑出五艘船來，中間一艘特大，朱漆欄干，碧綠船篷，是一艘十分精緻的遊艇，艇上一人忽哨了一聲，陳家洛一提氣，縱到了遊艇之上。心硯也躍到艇裏，取出一件白紡綢長衫給他穿上，陳家洛一人站在船頭，手中摺扇輕搖，披襟當風，抬頭賞月，飄逸非凡，遠遠望去，恍如神仙中人。

片刻之間，那老者所坐的遊船也已劃近，他叫船娘止槳，高聲喝問：「朋友，你到底是那一路的，請留下萬兒來。」心硯從艇中鑽出來，高聲叫道：「我家公子早已和你主人通報姓名，我是他的書僮，沒姓沒名，公子叫我心硯。你叫什麼名字，不妨說給我聽聽。我家公子是你主人朋友，咱們下人要是說得來，也不妨結交結交。」心硯年紀雖小，說話刁鑽刻薄，把那老者氣得鬚眉俱張，罵道：「小鬼，胡說八道！」

趙半山站在另一艘船的船頭，這時亢聲說道：「在下是溫州趙半山，閣下可是嵩陽派的嗎？」那老者道：「啊，朋友可是江湖上人稱千臂如來的趙當家？」趙半山道：「不敢，那是好朋友鬧著玩送的一個外號，實在愧不敢當。請教閣下的萬兒？」那老者道：「在下姓白，單名一個振字。」此言一出，趙半山和陳家洛都矍然一驚。原來白振外號「金爪鐵鈎」，是嵩陽派中數一數二的好手，大力鷹爪功三十年前即已馳名武林，一向不知他落在何處，那知竟做了皇帝的貼身侍衛。

趙半山拱手道：「原來是金爪鐵鈎白老前輩，怪不得武功如此厲害。白老前輩苦苦相逼，不知有何見教？」白振道：「久聞趙朋友是紅花會的三當家，那一位是誰？」「他突然心念一動，說道：「啊，莫不是貴會少舵主陳公子？」趙半山不答他的問話，說道：「白老前輩要待怎樣？」

陳家洛摺扇一張，朗聲說道：「月白風清，如此良夜，白老前輩同來共飲一杯如何？」白振說道：「你黑夜闖撫台衙門，驚動官府，說不得，只好請你同去見我家主人，否則我回去沒法交待。我家主人對你甚好，也不致難為於你。」陳家洛笑道：「你家主人倒不是俗人，你回去對他說，湖上桂子飄香，素月分輝，如有雅興，請來聯句談心，共謀一醉。我在這裏等他便是。」白振心下好生為難，他今日眼見皇上對這人十分眷顧，恩寵異常，如得罪了他，說不定皇上反會怪罪，可是他夜驚聖駕，不捕捉回去又如何了結？心中好生委決不下，忽然想起，闖衙的是他與趙半山兩人，這人既然不便擒拿，就單將趙半山捉拿回去，也就可以交代了，於是一個「燕子飛雲勢」，憑空拔起，落向趙半山的船頭。他人未到，抓先到，雙掌直伸，十指如鐵，分向趙半山面部及前胸抓來。趙半山突見白振如一陣風般撲來，凝神運氣，茫若未覺，待白振雙抓堪堪抓到，右手陰掌，左手陽掌，一個「雲手」，將敵人雙抓直蕩出去。趙半山在太極拳上浸淫數十年，是南派太極門中深得內家精微的高手，出手正所謂「靜如山岳，動若江河」，拳力由極柔軟中蘊蓄極堅剛之勢。白振一抓不中，只覺一股極大力量把他雙臂推了開去，忙也運力抵禦。兩人功力本在伯仲之間，只是白振憑空而下，無從借力，趙半山卻腳踏船頭，四手一推，優劣立判。白振變招奇速，不待趙半山力量用足，左臂往上一隔，右掌又抓向趙半山前胸，這一抓如被抓中，那就是破胸開膛之禍。

趙半山雙手立掌，攏在胸前一擋，突然左掌由右肩掠下，右掌向左腋下揚起，雙掌互擦而過，分擊白振左右，這時太極拳中的「野馬分鬃」，既解來勢，復攻敵側。白振本擬對方後退一步，自己就可站上船頭，那知趙半山半步不退，白振兩招之後，身已下墮，眼見就要落水，心中一急，和身向前撲去。趙半山仍舊不退，一個「進步搬攔捶」，劈面一拳，白振頭一偏，一抓抓住趙半山手腕。趙半山左掌隨手向白振門面抹來，白振也是一拿，雙掌相抵，拍的一聲，兩人各向後跌出數步。

趙半山一跌，坐在船頭之上，船梢劃的是蔣四根，見趙半山跌倒，忙搶出來扶救，他人未到，趙半山已經站起。白振身後卻是西湖，暗叫「不好」危急中一個清宮侍衛從船上抛出一塊木板，白振右足在木板上一點，一借勁，跳回船上，喘氣不已。

白振和趙半山拆了三招兩式，一步都未踏上人家船頭，雖用掌力將他震倒，可是自己也險險下湖變了落湯之雞，只算是打了個平手。這時陳家洛朗聲說道：「你的拳技領教過了，果然高明，快去報知你家主人，我在這裏等他賞月。」白振又羞又惱，眼見對方五艘船中都藏著能人，自己人少，動手未必能占上風，心想好漢不吃眼前虧，不如回去調人再來捉拿，於是對船娘道：「劃回去！」那船娘笑道：「月亮這樣好，你們急急忙忙的趕來，怎麼不多賞玩一會呀？」白振道：「別囉唆，你不見我們有公事嗎？」船娘道：「啊唷，到西湖裏來辦公事，把湖裏的王八也笑死啦。好吧，船錢是一兩銀子，你給了我就劃你們回去。」他們出來追人，身上那裏有錢，一時都窘住了。

一名侍衛怒道：「爺們坐船還出什麼錢？不要你錢已經瞧得你起啦，快劃快劃。」那船娘停住了槳，雙手插在腰裏，站起身來，笑吟吟的道：「你就是皇帝老子，也得給船錢。」白振已看出那船娘路道不對，正待喝問，一名侍衛以為有便宜可檢，伸手去拉她的腳，笑嘻嘻的道：「你別討饒，就算你狠。」那船娘退後一步，那侍衛伸長了手去捉，白振叫得一聲：「老范，留神。」話未說完，船身已側了過來，那侍衛一個踉蹌，大半身倚出船舷外面，船娘左腳在他背上輕輕一點，那侍衛大叫「啊喲」，「撲通」一聲掉下湖去。白振一掌向船娘打來，船娘舉起木槳一架，「喀喇」一下，木槳登時斷了。船娘吃了一驚，向後一仰，翻入湖中，那艘游船打起橫來，不住左右傾側搖動，顯然是船娘在水底作怪。

白振和幾名侍衛都是北方人，不識水性，心中暗暗吃驚，只聽陳家洛高聲叫道：「這幾人都是我朋友的下人，放他們回去吧！」蔣四根應聲跳入水中，捷若游龍，游近白振船邊，等那落水侍衛再冒上來時，一把抓住他辮子，提出水面，在空中揮了一個大圈，抛到白振船上來。白振伸手把那濕淋淋的人接住，自己也弄得一身都是水，見蔣四根如此神力，很有點驚詫。這時那船也不搖晃了，船娘從水底鑽上來，拍手大笑，和蔣四根游了回來，她正是鴛鴦刀駱冰。

白振和幾名侍衛只得拿起船上木板，劃近岸去，不敢耽擱，忙回去把剛才的事對乾隆說了，侍衛落水之事當然絕口不提。

修訂版改為：

船夫舉槳划船，離岸數丈，那老者喝道：「朋友，你究竟是哪一路的人物，請留下萬兒來。」

趙半山亢聲說道：「在下溫州趙半山，閣下是嵩陽派的嗎？」那老者道：「啊，朋友可是江湖上人稱千臂如來的趙老師？」趙半山道：「不敢，那是好朋友鬧著玩送的一個外號，實在愧不敢當。請教閣下的萬兒？」那老者道：「在下姓白，單名一個振字。」此言一出，趙半山和陳家洛都矍然一驚。原來白振外號「金爪鐵鈎」，是嵩陽派中數一數二的好手，大力鷹爪功三十年前即已馳名武林，不在江湖上行走已久，一向不知他落在何處，哪知竟做了皇帝的貼身侍衛。

趙半山拱手道：「原來是金爪鐵鈎白老前輩，怪不得功力如此精妙。白老前輩如此苦苦相迫，不知有何見教？」白振道：「聽說趙老師是紅花會的三當家，那一位是誰？」突然心念一動，說道：「啊，莫不是貴會總舵主陳公子？」趙半山不答他的問話，說道：「白老前輩要待怎樣？」

陳家洛摺扇一張，朗聲說道：「月白風清，如此良夜，白老前輩同來共飲一杯如何？」白振說道：「閣下夜闖撫台衙門，驚動官府，說不得，只好請你同去見見我家主人，否則在下回去沒法交待。我家主人對閣下甚好，也不致難為於你。」陳家洛笑道：「你家主人倒也不是俗人，你回去對他說，湖上桂子飄香，素月分輝，如有雅興，請來聯句談心，共謀一醉。我在這裏等他便是。」

白振今日眼見皇上對這人十分眷顧，恩寵異常，如得罪了他，說不定皇上反會怪罪，可是他夜驚聖駕，不捕拿回去如何了結？只是附近沒有船隻，無法追入湖中，只得奔回去稟告乾隆。

在連載版裏，白振也上船，在湖中與陳家洛、駱冰相遇，與趙半山還有過一番爭鬥，結果被打落下水。修訂版裏，白振並未上船，也就沒有和紅花會發生過直接爭鬥，只是和陳家洛、趙半山有過簡短對話後，回去稟告乾隆。

乾隆換了便裝乘馬往西湖而來。連載版：

剛走出撫衙，一個官騎馬奔來向李可秀稟告：「西湖裏的游船都封不到了，大小的船隻都停在湖心，咱們叫他們劃過來，他們只當不聽見。」李可秀罵道：「混帳怎麼會封不到船，他們造反了嗎？」那來報告的人諾諾連聲，退了下去。

修訂版刪除。

衛春華恭請乾隆，連載版：乾隆也還了一揖，說道：「不敢當，閣下尊姓？」乾隆以皇帝身份，高高在上，不可能這樣過謙，修訂版改為：乾隆微一點頭，說道：「甚好！」合情理了。

方龍駿在修訂版裏改為龍駿，請教心硯暗器，連載版：

原來方龍駿外號毒蟾蜍，一生靠打毒蒺藜成名，手法既準，暗器毒性又厲害非凡，除他本門解藥，打中了無法可救，一見血三個時辰必死。各侍衛把心硯這小鬼頭都恨得牙癢癢地，見方龍駿挺身而出，俱各大喜，大家知道他暗器功夫罕逢對手，這小鬼今日非送命不可。

修訂版刪除。

諸圓不知道是無塵道人，連載版：

劍為短兵之帥，形如飛鳳，武術家說槍扎一綫，劍走一偏，意思說劍術的要旨是在輕靈翔動。刀只一刃，劍則兩面都可使用，不須換刃，但既為兩刃，就不能如刀之硬架硬攔，所以稱為「劍走青（輕也），刀走黑」。無塵道人追魂奪命劍使奸人聞名喪膽，主要是深得輕靈翔動之要旨，劍來如風，普通庸手只要躲得開他三劍，無塵即起愛才之心，但教不是深仇大怨或出名的惡徒，就饒他一條性命。

修訂版刪除這段議論。

諸圓一時不敢再行進招，修訂版加入：

駱冰在船梢掌槳，笑吟吟的把船劃到陳家洛與乾隆面前，好教皇帝看清楚部屬如何出醜。其時趙半山已將龍駿擒住，徐天宏在低聲逼他交出解藥。龍駿閉目不語。徐天宏將刀架在他頸中威嚇，他仍是不理，心中盤算：「我寧死不屈，回去皇上定然有賞，只要稍有怯意，削了皇上顏面，我一生前程也就毀了。在皇上面前，諒這些土匪也不敢殺我。」

趙半山給龍駿敷藥，連載版：

無塵冷笑一聲道：「三弟就是這麼婆婆媽媽的，這種人留下來叫做養虎貽患。好吧，我叫他以後不能再放暗器。」伸劍在他肩胛上一挑，把兩條大筋都挑斷了。徐天宏把他提了起來，丟向乾隆的船上，范中恩搶出來接住。此後方龍駿雖然逃得了性命，但雙臂不能用勁，那陰狠的獨門暗器毒蒺藜就不能再行施放了。

修訂版刪除，紅花會初會乾隆，目的是勸說其反滿復漢，所以處於各方面因素都不應當將其手下致殘廢。

船上燈籠點點火光，天上一輪皓月，都倒映在湖水之中，修訂版加入：湖水深綠，有若碧玉。陳家洛見此湖光月色，心想：「西湖方圓號稱千頃。昔賢有詩咏西湖夜月，云：『寒波拍岸金千頃，灝氣涵空玉一杯。』麗景如此，誠非過譽。」將風景描寫與人物心理結合，體現作者非常高的文學素養。

陳家洛滿飲一杯，長嘯數聲，連載版：擊舷而吟：「應念嶺表經年，孤光自照，肝膽皆冰雪。短鬢蕭疏襟袖冷，穩泛滄溟空闊。盡吸西江，細斟北斗，萬象為賓客。叩舷獨嘯，不知今夕何夕！」修訂版刪除。

陳家洛母親的丫鬟，連載版叫「瑞英」，修訂版叫「瑞芳」。

陳家洛望見兩排燈光就如兩條小火龍般伸展出去，連載版，陳家洛從腰間取出霍青桐所贈的短劍，握在手裏，一步步向前走去，心想：「就是龍潭虎穴，今日我也要闖他一闖！」修訂版改為，不由得一陣迷惘、一陣驚懼，百思不得其解，一步步向前走去，當真如在夢中。

眾侍衛都感奇怪，修訂版加入：

乾隆說道：「潮水如此沖刷，海塘若不牢加修築，百姓田廬墳墓不免都被潮水卷去。我必撥發官帑，命有司大築海塘，以護生靈。」陳家洛站起身來，恭恭敬敬的道：「這是愛民大業，江南百姓感激不盡。」乾隆點了點頭，道：「令尊有功於國家，我決不忍他墳墓為潮水所吞。」轉頭向白振道：「明日便傳諭河道總督高晉、巡撫莊有恭，即刻到海寧來，全力施工。」白振躬身答應。

描寫乾隆傳諭旨修築海塘，展現歷史上真實乾隆做過的一些業績。

徐天宏分派任務，連載版：

徐天宏道：「咱們在杭州多年經營，已有不小的基業，連旗營裏也有很多兄弟，假使咱們來個明攻，那麼這裏的身家勢必全部拋棄，未免可惜。」眾人點頭稱是，靜聽他有什麼妙計。徐天宏又道：「所以咱們去救文四當家，雖然是硬搶明奪，也要做得隱秘些，不要和杭州裏一萬多清兵正面開仗，一方面是免得多傷人眾，再者也是保存咱們這裏的基業。」無塵道：「七弟說得是，你就下令吧。」

分派任務前過於囉嗦，修訂版刪除。

眾人都在談論到了杭州之後如何好好的玩樂，連載版說：

鎮遠鏢局奉天分局的鏢頭汪浩天道：「王總鏢頭，這次咱們仰仗你老人家的威名，把這枝鏢平平安安的送到了杭州，皇上一喜歡，說不定還要賞你一個功名啦！」王維揚捋鬚大笑，說道：「我自己這把年紀，功名什麼也看得淡了，要是我兩個小孫兒蒙皇上恩典賞賜一點什麼，那麼我這一生也就心滿意足了。」御前侍衛馬敬俠道：「王總鏢頭，我去跟白振白大哥說說，要你兩位令孫跟咱們一起當差，多半可以成功。」王維揚道：「馬老弟，這事要是成了，那做哥哥的真是感激不盡。」

幾個人正談得得意，忽然聽得馬蹄聲響，後面上來一騎馬，從大隊右側掠過，搶前而去。眾人見馬上那人騎術甚精，身手矯健，都不禁砰然心動，但想離杭州已近，決不會再有人在這裏動手。又走了兩里路，前面馬蹄聲響，剛才過去那人竟又迎面奔來，這一下王維揚等都留了神，只見那人用一頂大草帽遮住了半邊臉，轉眼之間又掠過大隊。這種行徑極像江湖上探道捧盤子的，汪浩天笑道：「難道有毛賊敢在太歲頭上動土？」馬敬俠道：「咱們正悶得慌殺幾個毛賊倒也不壞。」

不一刻，到了一座大鎮，王維揚為人精明謹慎，說道：「此去杭州雖然已不過十里路，但我們看剛才那人路道不正，咱們不必貪趕路，就在這裏吃飯，要是真有什麼風吹草動，吃飽了好有力氣料理毛賊。」大夥走進一家大飯鋪，點了菜，王維揚道：「咱們到了杭州，交卸了物品再開酒戒。」

馬敬俠等御前侍衛見杭州城已經在望，還要特別謹慎，都覺得未免迂腐，但王維揚年紀長，名望大，他的話不便不聽。

為加強全書故事情節的緊湊感，修訂版刪除這段眾鏢客具體談論的情節，使得敘事更加流暢。

第九回　虎穴輕身開鐵銬　獅峰重氣擲金針

乾隆威脅文泰來，連載版：他話未說完，突然縱到門邊，把門一推，只見白振站在門外，乾隆怒喝：「你在這裏幹麼？」白振道：「奴才聽見書房裏有響動，怕犯人驚了聖駕，所以在這裏保護。」乾隆「哼」了一聲。乾隆正直審問威脅文泰來，卻突兀地加入和白振間衝突不合時宜，修訂版刪除。

文泰來見陳家洛救他，修訂版加入：黄河渡頭陳家洛率眾來救，他未得相會，今日上午才親見丰彩，危急之中只是隔著鐵網看了幾眼，見他義氣深重，臨事鎮定，早已心折，此刻牢中重會，不由得驚喜交集。解釋了文泰來曾見過陳家洛，因此見面即認出，同時又說明了首次相見但未相認的原因。

陳家洛點親兵穴道，連載版是「期門穴」，修訂版是「通足穴」。

周仲英跟韓文沖解釋明白，連載版：這是周仲英為人處世厚道忠誠的好處，徐天宏雖然機變百出，但處處占人上風，不免結怨於人。這事如不是周仲英如此化解，韓文沖一定以為徐天宏下過他的毒，心中記仇，將來總不免是個禍患。修訂版刪除。

王維揚囑咐韓文沖料理後事，修訂版：他頓了一頓，又道：「叫劍英、劍傑不忙報仇，他兄弟倆武功還不成，沒的枉自送了性命。」王劍英、王劍傑是王維揚的兩個兒子，學的是家傳八卦門武藝。與《飛狐外傳》王劍英、王劍傑兄弟二人的情節相關聯。

王、張二人比武處，連載版是「北高峰」，修訂版是「獅子峰」，加入一句：獅子峰盛產茶葉，「獅峰」龍井乃天下絕品。豐富作品的知識性。

張召重見到王維揚，修訂版加入：他做事把細，上峰之時已四下查察，果見對方並無幫手埋伏，心想王維揚雖然狂傲，他一個鏢頭，總不成真與官府對陣廝殺，是以坦然上峰應戰。表現了張召重老奸巨猾。

無塵攔阻張召重，連載版：

無塵道人的七十二路追魂劍一半得自師授，一半是他潛心鑽研，自行創制出來，每一招都是凶險無比。普通敵人，三招即已過門，能和他接上八九招的，武功已有高深造詣。無塵把他的劍法每一招都取上一個可怕名字，好在他是出家人，也不忌諱這一套。他沒有左手，不能如一般武師那樣左手捏劍訣來平衡身體，所以他的劍術專走偏鋒，自對敵以來，七十二路劍法從未用盡過。

無塵此時正在攔阻張召重的緊要關頭，突兀插入無塵劍術的評論不合時宜，所以修訂版刪除。

王維揚約束鏢行眾人不許出馬宅大門，修訂版加入：心下卻甚惴惴，暗忖倘若紅花會失敗，官府前來捉拿，發見自己和這群匪幫混在一起，可真是掬盡西湖水也洗不清了。王維揚從鏢局行當捲入紅花會與朝廷的爭端，有此想法實屬常理。

第十回　烟騰火熾走豪俠　粉膩脂香羈至尊

駱冰坐在地上放聲大哭。連載版：群雄見她如此，心中都很難受，大家知道駱冰武藝得自神刀駱真傳，自小在江湖上行俠仗義，見多識廣，胸襟爽朗，決非普通婦人可比，這時痛哭，實在是精神上創巨痛深所致。修訂版刪除。

群雄沒有找到文泰來，連載版：眾人正要退出，忽聽門外水聲淙淙，大家呆得一呆，徐天宏叫道：「不好，快沖出去。」陡然之間，平地水深尋尺。群雄沿甬道向外奔去。……這時甬道已水深及胯。無塵罵道：「這李可秀鬼計多端，他要把咱們淹死。」修訂版刪除這段李可秀放水阻止群雄劫牢的情節。

周綺聽說找到文泰來，連載版：

她一疏神，險險被鏈子錘打中了一下，徐天宏大吃一驚，忙道：「我來幫你！」周綺道：「不用，你把他的鏈子錘弄去一個。」那人大罵：「狗男女，賊強盜。」徐天宏向他後心一撲，那人左錘晃到後面。徐天宏看得真切，左手鐵拐往上一繞，把鏈子在鐵拐上繞住。那人一急，右錘跟著打了過來，徐天宏人本矮小，一低頭，錘子從頭頂掠了過去，右手刀隨即向他左臂砍來。那人右手用力一拉，沒把徐天宏的鐵拐扯脫手，只見刀已砍得臨近，只得左手向後一縮，放脫了鏈子錘，周綺喜道：「行喇！」徐天宏向後退開一步，旁觀周綺和他拼鬥。那人少了一錘，威力大減，戰不數合，已臂上中刀，敗了下去。

修訂版刪除。

乾隆心中十分害怕，修訂版加入：全身發抖，在被窩中幾乎要哭了出來。惶急之際，忽動詩興，口占兩句，詩云：「疑為因玉召，忽上嶠之高。」諷刺乾隆在危急時膽小怕事的心理。

第十一回 高塔入雲盟九鼎 快招如電顯雙鷹

乾隆第三天早晨醒來，連載版：

已是全身無力，正想再睡一會，忽一個小書僮走近說道：「皇上，咱們少爺請你去談談。」乾隆道：「你少爺是誰？叫他來見我好了。」那書僮道：「咱們少爺是紅花會的陳總舵主。」乾隆一聽陳家洛請他，心頭一喜，忙起身穿衣。那書僮就是心硯，他經過幾天休養，傷已大好，聽說抓住了皇帝，一定要趕來瞧瞧熱鬧，他打上水來，服侍乾隆梳洗。乾隆仍穿那明代漢服，隨心硯走到下一層來。

修訂版刪除。

常氏雙俠各握住了乾隆的一隻手，防他逃走。修訂版加入：乾隆雙手柔軟細嫩，給常氏兄弟這對精擅黑沙掌的粗手巨掌握住了，總算他兄弟不使勁力，否則一捏之下，乾隆手骨粉碎，從此再也不能做詩題字，天下精品書畫，名勝佳地，倒可少遭無數劫難。文字表述增添一份風趣。

陳家洛走到第七層上，乾隆悶坐椅上。連載版：

陳家洛笑道：「你手下這批人只貪圖功名富貴，都是酒囊飯袋之輩，你要靠他們建立千秋萬世之名，只怕不成呢。」乾隆道：「那也未必，現在我落在你們手中，他們投鼠忌器，自然不敢用武。」陳家洛笑道：「是麼？」雙手一拍，心硯走了上來。陳家洛道：「請陳正德老先生和無塵道長上來。」

一會兩人走了進來，陳家洛在門口相迎，說道：「兩位剛才比了半天，分不出高下，功夫是無分軒輊的了，現在再請兩位賭一賭運氣好不好？」無塵與陳正德齊聲道：「那好極了，不知怎樣賭法？」陳家洛道：「請兩位到清兵隊裏去殺一個軍官，誰先回來，殺的軍官官階高，就算誰勝。」陳正德笑道：「道長，走吧！」兩人從窗口躍了出去。

陳家洛對乾隆道：「咱們來瞧瞧這兩位誰的運氣好。」乾隆見陳家洛他們以殺清兵作為賭賽，很是生氣，但轉念一想，塔下清兵大集，無慮一二千人，這兩人赤手空拳，不帶兵刃功夫再高也未必能平安歸來，更不必說殺清兵將官了這兩人中只要有一人被打死打傷，就是折了紅花會的銳氣，於是隨著陳家洛憑窗觀望。

無塵與陳正德躍到塔下，馳向清兵陣去。無塵一瞥之下，見白振等清宮待衛站在東首，李可秀騎了白馬，站在西首督陣，他和白振交過手，知道他武功極好，一遇上不免牽延。這時清兵已見兩人奔來，紛紛放箭，無塵突然轉身向西奔跑。陳正德心中暗喜，想道：「這道人手中沒劍，想是拳腳功夫不行，所以怕箭！」他脫下布衫，左手拿住揮動，直沖入清兵陣中，白振縱身上前。這時陳正德手中拿著的那件布衫上已被射中了七八枝箭，兜頭向白振揮去，白振一身，直欺進陳正德懷裏，五爪如鐵，向他胸口抓到。陳正德一驚，想不到清軍隊伍中居然有如此高手，右手施展擒拿法去拿他手腕，左手向裏一兜，揮「箭衫」擊打白振背心。白振前後受攻，腳下使勁，向右竄出一定神，回頭又來擋住。

陳家洛與乾隆見陳正德生龍活虎般當先入陣，一個以為他要先得手，一個以為他要先遭殃，那知兩人都沒猜中無塵向西疾奔，忽然向側邊抄來，施展「燕子二抄水」輕功，如一溜烟般直撲到李可秀馬前。清兵齊聲吶喊，李可秀一勒馬繮，坐騎長嘶一聲，前腿人立，左右一名守備，一名游擊，雙雙搶了過來保護主將。無塵右肘在那守備脅下一撞，一翻手已把他手中大刀搶過，順勢自右至左斜劈下來，將左邊那名游擊一顆腦袋砍下，右肩也連著切下一半。他更不換招，刀劃半圓，又從左下撩到右上角，守備半個腦袋連帽削下。他左腳一踢，把游擊的頭踢在空中，右手拋去刀，搶著守備的頭，再抓住空中掉下來的游擊的辮子。清兵見他一招殺了兩名軍官，手法幹淨利落已極。嚇得魂膽俱裂發一聲喊，向後亂逃，兩名侍衛縱了過來，先用兵刃封住門戶擋住無塵來路。無塵見李可秀已殺不到，長笑一聲，轉身就走。兩名侍衛隨後後追來。無塵跑了十多步，聽見後面腳步響，忽然回頭站住。那兩名侍衛見無塵突轉身，大吃一驚，一名侍衛登時嚇得軟倒在地，另一名拋下兵刃就逃。無塵見陳正德尚在陣中酣戰，於是挽住兩個人頭緩步而歸，塔中眾兄弟大聲喝采。

陳正德聽見采聲，回頭見無塵已得功先回，知道這次輸與給他，不再戀戰，抽身欲退。但白振展開小巧縱躍之技，前後竄擊，一時倒無法脫身。陳正德雙拳如雨，連打了七八拳，白振退開兩步，陳正德已轉身退走。白振知他武功在自己之上，久戰必要吃虧，竟不敢追趕。陳正德奔出數步，忽聽身後喊聲大震，回頭一望，只見一隊清兵馬軍，疾馳而來，當先一名參將手舞長刀，縱馬急奔，原來是清軍的援兵到了。

李可秀剛要喝止，那名參將勇不可當，轉瞬間已馳到陳正德背後，見他似乎不知不覺，心中大喜，舉刀砍下，陳正德繼續向前，參將一刀砍了個空，舉起刀又是猛力一刀，陳正德忽然在地下一伏，參將的馬收不住，從他身上躍了過去。白振暗叫：「糟糕！」只見陳正德忽地躍起，騎上馬背，拉住參將左腳，手一抖，參將已跌在馬下，被他在地上倒拖著進塔裏去了。馬軍們俱都大驚，待要追趕，塔裏長箭嗖嗖射出射倒了五六名馬軍。李可秀大叫：「不要追趕，退——回——。」馬軍聽得主帥有令，都退回去了。

乾隆見無塵和陳正德兩人俱各獲勝，十分懊惱，回來坐在椅上，默默不語。只見無塵走進室來，把兩顆首級往地上一擲，倚墻而笑。不一會，聽見陳正德在室外大叫：「我活捉了一個！」挾著那參將進來。陳家洛笑道：「兩位這次還是平手，道長先回，殺了兩人，但陳老前輩活捉一人，而且官階要大得多。」三人拊掌大笑，把乾隆悶在一旁。陳家洛向躺在地上的參將道：「你叫甚麼名字？怎麼見了皇上不起來叩頭？怕甚麼？我馬上就放你回去。」參將只是不應。陳家洛笑道：「沒用的傢伙，別給人丟臉啦，走吧！」那參將仍舊不動，陳正德大怒，抓住他頭頸提起來，那知他早已氣絕多時，原來陳正德力大，已把他挾死了。陳家洛笑道：「兩位辛苦，請下去休息吧！」陳正德把參將的屍首往地上一擲，攜著無塵的手走了出去。

修訂版刪除這段。陳家洛為人謙遜，讓紅花會的兩位高手各殺一名軍官，而且比誰殺得官階高誰就獲勝，如此殘忍、狂傲不是其儒雅性格的表現，也違背了紅花會不許濫殺無辜的宗旨，何況此次抓乾隆目的是為了結盟做反滿復漢的大事，因此沒有必要濫殺朝廷軍官。

第十二回　盈盈彩燭三生約　霍霍青霜萬里行

駱冰偷盜，連載版：

原來駱冰的父親神刀駱元通偷盜之技，天下無雙，日走千家，夜盜百戶，駱冰自小跟著父親，妙手空空之技，也學了個八成，當日奪韓文沖的白馬，不過是稍施家傳小技而已。

偏離主題，修訂版刪除。

陳家洛和周仲英同往西北，周仲英說數十年來未到南方，連載版：

現在已是垂暮之年，此生恐怕未必再來，所以要到福建莆田少林寺走一趟，探望一下舊日同學藝的師兄弟。

修訂版將周仲英到南方的理由說得更充分些：

他當年在嵩山少林寺學藝之時，便曾聽師父及師伯叔們說起，南方莆田少林下院的武功與嵩山少林一脈相傳，但數百年來莆田少林寺出了幾位了不起的人物，於少林派武功頗有發揚，乘著此番南來，意欲就近前去探訪，盼有機緣切磋求教。

孫大善人把當時情形說了一遍，連載版：

並且道：「兄弟外面雖然有點名頭，但這幾年收成不好，開銷又大，前吃後空，已虧空了不少，江湖上只道兄弟手邊有點錢，其實那裏是這麼一回事呢。」陳家洛聽他報窮嘆苦，知道他會錯了意，是怕他們敲詐。

修訂版刪除。

第十三回　吐氣揚眉雷掌疾　驚才絕艷雪蓮馨

滕一雷進殿，連載版：

他們明明見殿中人影一閃，這時卻只有佛燈明亮，闃無一人，騰一雷東張西望，忽然伸手把放在地上的一口巨鐘提了起來。

文泰來見了，暗暗稱奇，瞧這口巨鐘起碼有四百多斤，他竟一手提了起來。騰一雷見鐘下無人，又把巨鐘放下。顧金標心中焦躁，對著佛像罵道：「你這臭菩薩，愁眉苦臉的幹麼？」舉起獵虎叉在佛像身上打了一下，只聽見「空」的一聲。騰一雷和言伯乾同時縱上一步，說道：「這菩薩裏面有些古怪。」騰一雷躍上佛前供桌，雙手舉起獨足鋼人，一記「橫掃千軍」，把那佛像的左肩打了下來。

這一招聲勢猛惡，佛像的木屑、泥沙、金漆彌漫殿中，隨著烟霧亂飛之際，余魚同突從佛像左肩的缺口中跳了出來，雙足在供桌上一點，已站在地下。騰一雷等吃了一驚，八個人四面圍攏。

修訂版刪除這段滕一雷舉巨鐘的情節。

哈合台一抬手，把文泰來甩了起來，連載版：

這是他摔跤的救命招術。當年成吉思汗率領蒙古大軍西征，橫掃歐洲，戰無不勝、攻無不克，征服大小數十國，殲滅歐洲聯軍數十萬。歐洲軍隊一聽見蒙古人到來，無不望風披靡，這固然主要是由於蒙古軍隊組織的嚴密，戰士騎射技能的高強，但摔跤之術也有極大的關係。這種本領世代相傳，哈合台深得其中精奧。

將摔跤之術與成吉思汗蒙古軍牽扯一起過於勉強，修訂版刪除。

眾人準備動身去回部，連載版：

陳家洛對上官毅山道：「有一件事想請上官大哥費神辦一辦。」上官毅山道：「陳當家的請吩咐吧。」陳家洛道：「我想請上官大哥撥三千兩銀子給寶相寺，修整佛像金身，回頭由小弟奉還。」上官毅山道：「陳當家的放心，這事交給我辦好啦。」陳家洛道了勞。

修訂版刪除。

陳家洛爬上峭壁摘雪蓮，連載版：

天池怪俠的輕身功夫是江湖上罕見的絕技，心硯不過得了他的一點皮毛，已自不凡，在西湖上戲弄大內待衛，大大的露了一下臉。陳家洛是他惟一傳人，造詣自然更是超絕。

修訂版刪除心硯從師天池怪俠學藝的情節。

陳家洛給少女講牛郎織女的故事，連載版：

陳家洛見她多情善感，為宇宙間所有歡愉的事而高興，為所有不幸的事而憂傷，想講一個快樂的故事使她開心起來，無意中伸手一整衣服，忽然碰到乾隆送給他的那塊溫玉，想起玉上那四句銘言：「情多不壽，強極必辱，謙謙君子，溫潤如玉。」也不禁意興闌珊起來。

修訂版刪除。

第十四回　蜜意柔情錦帶舞　長槍大戟鐵弓鳴

香香公主偎在陳家洛身上，連載版：

衛春華正要再說，章進忽然在上面罵了起來：「狗官兵，真是詭計多端！」陳家洛與徐天宏忙躍上炕邊，只見漫山遍野都點了火光，原來清兵怕他們乘黑突圍，搜集了枯草樹枝，點了起來，一眼望去，一堆堆的篝火就像滿天的星星，徐天宏道：「沙漠之中草木不多，再過一陣，只怕柴草也就燒完了。」兩人躍回坑中，請衛春華繼續講下去。

中斷衛春華關鍵時刻的講述不合時宜，修訂版刪除。

周綺埋怨駱冰幫陳家洛，修訂版加入：

「霍青桐姊姊送了一柄古劍給他，總舵主瞧著她的神氣，又是那麼含情脉脉的，我雖然蠢，可也知道這是一見鍾情……」駱冰笑道：「誰說你蠢了？又是含情脉脉，又是一見鍾情的？」周綺怒道：「你別打岔，成不成？冰姊姊，咱們背地裏都說他兩個是天生一對。怎麼忽然又不算數了？」

從周綺角度表達對陳、霍二人感情的不解。

陳家洛請香香公主寫求救信，連載版：

徐天宏悄悄爬出去，把坑邊一名射死的清兵拖回來，剝下他叫心硯換上，說道：「你突圍之後，就把衣服抛去，莫讓維人兄弟誤會。」心硯答應了。

修訂版刪除。

心硯放聲大哭，連載版：

木卓倫正要說話，忽然霍阿伊匆匆闖進帳來說道：「放哨的兄弟說，有十多名滿洲兵在山邊向咱們這裏窺探。」霍青桐大喜道：「來得正好。哥哥，你帶一百名弟兄，悄悄繞到他們背去捉來。」霍阿伊道：「那裏用得著一百人？」霍青桐道：「我要你捉活口，不要殺死他們。」霍阿伊接令去了。

木卓倫道：「咱們救喀絲麗和紅花會朋友要緊，十多個滿洲兵，何必去理會。」霍青桐道：「爹，你答應這一仗讓我來發號令的。」

……不一會，霍阿伊領兵把十個滿洲人押了上來，說道：「打死了三個，逃走了兩個，其餘的都活捉了。」霍青桐道：「好。」只見滿洲兵為首一人就是早一天來做使者的那個和爾大，他抬頭向天，十分傲慢，木卓倫走上一步，罵道：「你來做使者，我們待你客客氣氣。我們到了你們那裏去，幹麼你們蠻不講理的把她圍了起來？」和爾大道：「客氣？這樣綁住我算是客氣？」木卓倫：「你做使者，我們當你客人。你來窺探軍情，那就是奸細，還有什麼客氣？」和爾大道：「誰說我窺探軍情？你們這一點子兵，調來調去還用得著窺探？我是送信來啦。」木卓倫命戰士給他鬆了綁，和爾大拿出信來。木卓倫和霍青桐一看，又是兆惠寫來的，信中說他們使者無禮，予已圍困，馬上可擒獲，要木卓倫速速率領全體維人投降。木卓倫怒道：「呸，這封信看不看全是一樣，你這奸計莫想瞞得過我。兆惠明明是派你來察看動靜，怕你失手，寫了這信給你，要是給抓了，就說是使者。你是使者，幹麼不像上次那樣正大光明的過來？」和爾大給他說得啞口無言，只是冷笑。木卓倫道：「押下去！」維人戰士把他帶下去。

霍青桐道：「爹，你料得不錯。不過信封信另外還有一個用意。」木卓倫道：「什麼用意？」霍青桐道：「兆惠怕咱們還不知道妹子被圍，所以特意透露一點消息，要咱們領兵去救。」木卓倫道：「他這樣好？我不信！」霍青桐道：「咱們救兵一去，那就剛好踏進他安排了的陷阱中。」

兆惠已經圍困紅花會群雄，而且故意放走心硯送信，大可不必再派人窺探木卓倫是否出兵，因為只要心硯送信，木卓倫必定要派人去營救。或許作者想激化霍青桐與木卓倫之間是否發兵的矛盾，目的是為襯托霍青桐的智慧，但這段情節既冗長又多餘，因此修訂版刪除。

霍青桐說「小管家從四五千軍馬中衝殺出來談何容易」。

連載版：

「現在看了這使者送來的信，那是千真萬確的了。」木卓倫陡然跳起，說道：「青兒，你所料的全沒有錯，不過我捨不下你妹子，也卻不能讓紅花會的朋友遭遇危難而不去救。」霍青桐一見父親神氣，知道他對妹子是愛逾性命，又篤於友情，心中計算已定，俯耳對身旁親兵說了幾句話。

那親兵點頭走出，奔到監守和爾大的帳中，把他帶到貼近大帳的一座小帳中，對看守的人道：「翠羽黃衫說，這傢伙十分狡猾，把他監在大帳附近，看守得緊些，別讓他逃啦。」看守的維人道：「你教霍青桐姑娘放心，逃不了！」和爾大只是冷笑，暗暗盤算脫身之法，忽然聽見隔壁大帳中木卓倫和霍青桐大聲爭吵起來，他忙凝神靜聽，臉上卻裝著毫不在意的樣子。

如上述理由，修訂版刪除這段。

木卓倫越說越激昂，連載版：

霍青桐道：「爹，小聲些，那滿洲使者就在後面。」木卓倫抑低了一點聲音道：「到底怎樣？」霍青桐沉吟了一下道：「好，咱們馬上發兵。」接著鼓聲響起，隊長們佩刀鏘鏘，一個個走出大帳。和爾大假裝睡熟，微微打鼾，衛兵叫了他兩聲，都沒答應。

只聽見霍青桐說道：「香香公主和咱們幾位漢人朋友被清兵截住，咱們得馬上去救。不過咱們兵力很少，人馬困乏，要小心被敵兵包圍，把人救出之後，立刻奔回。咱們一半人去救，另一半人在十里外接應。」眾隊長齊聲答應。霍青桐道：「去救的隊伍分為兩隊，第一隊紅旗一千人，由熱斯滿隊長率領，從北路沖入。第二隊白旗一千人，由烏鐵力汗隊長率領，從南路沖入。我和咱老爺子各率一千人，分頭接應。」這時木卓倫似乎想說些什麼話，但說了一個字，隨即住口。和爾大心中暗想：原來維人可用的戰士只有四千人，兆惠大將軍一直當他們有一萬五千人，布置戰陣時實在未免過份小心了。這時又聽見霍青桐道：「現在大家回營休息，一個時辰出發。」各隊長應聲出帳，木卓倫道：「怎麼只派這一點兵？」霍青桐道：「咱們四千人如全體出去，沒人接應，那怎麼成？啊喲，咱們剛才的話別被那滿洲使者聽見啦，我去瞧瞧。」和爾大吃了一驚，立刻鼾聲打得更響，只聽見霍青桐走進帳來，罵了一句：「睡得像猪一樣。」在他身上一腳踢去。看他是真睡還是假睡。和爾大翻了一個身，打個呵欠，慢慢睜開眼睛。霍青桐又在他腿上踢了一腳，喝道：「睡夠了沒有？」和爾大跳起身來，叫道：「我落入你們手裏，要殺便殺，可不能侮辱。」他知道維人敬重好漢，越是硬氣不怕死，越被認為英雄，所以決心強硬到底。霍青桐「哼」了一聲道：「你邊充漢子哪，要是真有本事，幹麼會被我們擒來？」和爾大道：「我們人少，寡不敵眾，有什麼希奇。要是一對一的打，你們這些人中，未必有人能勝我。」霍青桐道：「哼，別說旁人，只要你要勝得我，我就放你回去。」和爾大道：「君子一言，快馬一鞭，你可不能說了不算。」霍青桐道：「你輸了怎麼辦？」和爾大心想：「這樣嬌滴滴的一個娘們，能有多大本領，樂得說得好聽些。」於是說道：「那時不論斬首活埋，我都死而無怨。」霍青桐道：「好，咱們外面見輸贏！」說罷轉身出帳，和爾大跟了出去。

木卓倫眉頭深鎖，覺得這個平素精細持重的女兒今日大失常態，在這軍務倥偬之際，還和一個俘虜去爭閑氣、比功夫，女孩兒家未免過份好勝。他不及阻止，也只得跟了出去，維人戰士們聽說翠羽黃衫要和滿洲使者比武，圍成一個大圈子觀戰。這時大雪飛舞，朔風正緊。霍青桐長劍出鞘，站在左首，說道：「你用什麼兵器？」和爾大道：「我用刀吧。」霍青桐手一揮，一個維人托了七八柄刀過來，和爾大一掂輕重，選了一把最沉的長刀，左右空砍兩刀，刀重勁足，虎虎生風。霍青桐道：「你是客人，進招吧。」和爾大一個箭步縱上，當頭一刀砍下來，勢頭尚未用足，突然一刀橫斬，霍青桐回劍擋住。和爾大這刀仍是虛招，刀鋒將到，倏地收住跳開，這一招明明相讓，他表示賓不僭主，男不欺女，同時預留下了一個地步，因為自己究竟在敵人勢力之下。霍青桐叱道：「不必客氣！」劍走斜鋒，一招「雪山驟崩」，斜刺對方左腿。和爾大揮刀向她劍身上猛斬下去，霍青桐不等他斬到，早已收回，滴溜溜轉了半個圈子、白光一閃，劍尖已向後心點去。和爾大贊道：「好快！」也不轉身，反身一刀，又向她劍上砍去。

和爾大武功出自遼東長白派，身手矯捷，刀法凶悍，他見霍青桐劍術造詣很深，不敢怠慢。使出全力，兩人打了個難解難分，轉眼拆了七八十招，仍是不分上下，霍青桐步法漸慢，左手不住拭汗，一招「風沙蔽日」斜削左肩，和爾大用勁揮刀一挺，只聽見「當」一聲，刀劍相交，霍青桐長劍脫手飛出，眾維人齊聲驚叫，盡皆失色。兩人各自向後躍開三步。和爾大橫刀而立，滿面得意。霍青桐嘆了兩口氣，說道：「好，你刀法果然不錯，我說話算數，放你去吧。」他轉頭對親兵道：「把他的坐騎還他。」

和爾大把刀往地下一擲，一拱手，就要上馬，霍青桐叫道：「慢著。」和爾大一足踏蹬，一足在地，等她說話。霍青桐道：「我們這裏的軍馬調動情形，不論你見到多少，可不能說一個字。我要你發一個毒誓，否則不能放你。」和爾大心想：「發誓有什麼用？我就騙騙她。」於是說道：「好，如果我泄漏你們軍機，天誅地滅！」霍青桐手一揮，說道：「走吧。」和爾大縱馬而去。

霍青桐累很滿面通紅，回帳伏在案上，不住喘氣。木卓倫再也忍不住，說道：「你費了這樣大的勁，故意輸給他，為了怕人看出來，把自己累成這個樣子。為了什麼呢？不過是要他回去報信，要讓他們知道咱們怎樣派兵救人，好讓你妹子救不出來。」

霍青桐道：「不錯，我是故意輸的，是要讓他回去報信，是要讓他們知道咱們怎樣派兵。可是，咱們真正派的兵……卻不是這樣子。」她說到這裏，氣喘不已。原來和爾大武功並非泛泛，霍青桐勝他不難，但要故意輸給他，又要使他瞧不出自己絲毫破綻，那比勝他卻難上十倍了，因此這次比武累得她心力交瘁。

修訂版刪除這一大段情節，簡潔的改為：

霍青桐道：「爹，漢人有一部故事書，叫做《三國演義》。我師父曾給我講過不少書中用計謀打勝仗的故事，那些計策可真妙極了。那部書中說道，將在謀而不在勇。咱們兵少，也只有出奇，方能制勝。兆惠既有毒計，咱們便將計就計，狠狠的打上一仗。」

心硯到維部送信，作者為了表現霍青桐的智慧，加入和爾大受兆惠之命窺探被捉、與霍青桐比武而被誤導逃走報信等情節。如上所述，當時情況十分危急，出現這麼多的枝節，使故事節奏緩慢，不符情理，因此修訂版大段刪除，修改簡明扼要，保持情節緊湊。

第十五回　奇謀破敵將軍苦　兒戲降魔玉女瞋

兆惠聽張召重奉承十分得意，連載版：

「這次出征，維人十分狡猾，時間拖得很長，今日這一仗擊垮他們的主力，餘部就可迎刃而解了。」張召重道：「等到奏凱獻俘，大將軍立了這樣大功，封公封侯，那是不在話下的了。」兆惠笑道：「兄弟折中一定也保奏張大人的功勞。」張召重連忙打千請安說道：「謝大將軍栽培，卑職感激萬分。」兆惠微微一笑，又去派兵接應，他調了三萬多名清兵出去，決意要一舉殲滅維人的主力。

修訂版改為：

張召重道：「大將軍這場勝仗是打定的了。只是亂軍之中，若把皇上要的那兩人殺了，或是弄得不知下落，皇上必定怪罪。」兆惠道：「你說怎樣？」張召重道：「卑職想請令先去把這兩個人擒了。我軍則繼續圍困不撤，好把回人主力引來。」兆惠沉吟道：「此刻便去，只怕給回子識破了我的計謀。張兄稍待。」

點明既要生擒陳家洛和香香公主二人，又要圍困紅花會群雄引來回人主力。

連載版：

且說和爾大趕回兆惠營中，把霍青桐調兵的情形一一稟報，末了把自己怎樣打勝霍青桐而脫身的情形說了一遍，兆惠誇獎道：「好，這次你功勞不小。」張召重走過去，拉住和爾大的右手道：「恭喜和大人。」手上突一使勁，和爾大痛得臉上變色，左手使勁一格。

張召重右肘向外一彎，抵住和爾大格來之掌，微一用勁，手掌一放一送，和爾大身不自主，踉踉蹌蹌跌出了七八步，腳下用力撐住，才算沒有坐倒。和爾大又驚又怒，手按佩刀刀柄，望著兆惠的眼色。兆惠也是吃了一驚，不懂張召重的用意。張召重搶上前去，向和爾大打了一個千，說道：「和大人請勿見怪。」轉頭對兆惠道：「大將軍，和大人帶來的消息只怕有詐。」和爾大大怒，叫道：「我跟隨大將軍出生入死，你是什麼東西，到這裏胡說。」張召重道：「我那裏敢說和大人謊報軍情，我是說那些維人在搗鬼。」兆惠道：「張大人何以得知？」張召重道：「剛才和大人說，他打敗了霍青桐而脫身。霍青桐卑職沒見過她面，只聽說是天山雙鷹的弟子，那必定是極高的本領，卑職曾聽鏢局子的朋友談起，她和關東六魔中的第六魔閻世章一對一的決鬥，居然把六魔殺了。閻世章卑職在北京時常見到他，不瞞大將軍說，他可比這位和大人武功要高些。」

兆惠道：「嗯，剛才你是試他本領來？」張召重道：「卑職很是冒昧。」和爾大怒道：「我本領雖然不濟，難道連一個大姑娘也打不過？就算她讓我，難道我瞧都瞧不出去來？」張召重不語，心道：「只怕你這膿包就是瞧不出來。」

兆惠道：「她故意放他回來，有什麼用意？那當然是要讓我知道她調兵的情形。嗯，她派兩千人來救，又有兩千人接應。」他踱來踱去沉思，過了一會她說道：「如果其中只有詐，那麼他定不止派兩千人。她要我以為救兵只有兩千於是派三四千人抵禦，而她卻派了五六千，甚或六七千人來，使我出其不意，吃個敗仗。」張召重道：「大將軍明見萬里，一定是他這樣。」兆惠對和爾大道：「你給我傳令，叫正白旗鐵甲軍也開上去。」和爾大接令去了。

兆惠道：「就是他們全軍都上來，也不過一萬五六千人，我這四萬多人一下就可建功。」

由於修訂版已經大量刪除了和爾大相關情節，不需要通過和爾大來表現張召重與霍青桐雙方鬥智鬥勇，因此修訂版刪除這段。

清軍圍攻群雄，修訂版加入：「鐵甲軍奉命擒拿陳家洛和香香公主，不同四周其餘清兵那般只是佯攻，卻是奮勇爭先，狠刺真殺，雖見文泰來神勇，兀自不退。」側面描寫清廷鐵甲軍的厲害。

文泰來與張召重拼鬥，連載版：

陳家洛見文泰來愈戰愈勇，但張召重神氣內斂，腳步沉凝，也毫無敗象，兩人廝拚下去，不知如何了局，這時外面敵兵重重圍住，必須先去了張召重這心腹之患，方能抵禦外敵，在圍棋中一片死棋如能與敵人僵持起來，誰也不敢先動，那麼外援一到，立即起死回生，反而可制敵死命。

修訂版刪除。

霍青桐率隊到離敵陣十裏處屯住，連載版：

這天中午，各隊隊長和傳令騎兵紛紛來報，紅旗各隊長道：「大泥淖旁深溝已經挖好。」白旗第一隊隊長道：「葉爾羌城中居民撤得一個不留，隱僻處已藏好柴草石油。」白旗第二隊長道：「城裏水井已下大量毒藥，大漠上的毒蛇蘿草已被咱們采了幾百斤投在井裏。」

後文說各隊隊長回報已經辦理，因此連載版過於囉嗦，修訂版刪除。

忽倫四虎被抓後結局不同，連載版：

陳家洛道：「以後你們跟著我好不好？」四兄弟同時拜倒，道：「公子肯收留我們，我們一定聽你話，你要我們做什麼都行。」陳家洛微微一笑，對霍青桐道：「我想要了這四個人。」霍青桐道：「公子帶去便是。」陳家洛對心硯道：「每人賞他們五兩金子，你把咱們的規矩教他們。」忽倫四兄弟歡天喜地的跟著心硯下去了。

忽倫四虎來自異族，是否願意幫助紅花會做事成疑問，因此修訂版改為，

陳家洛向霍青桐求情，放了四人。四兄弟自回遼東，仍做獵戶去了。

對於此戰，連載版：

維人在黑水河英奇盤山腳大破兆惠清兵，時在乾隆二十三年十月，這一次圍困，自十月一直圍到明年正月，凡四月之久，史稱「黑水營之圍」。清兵輾轉死於大漠之中者不知凡幾，只因乾隆皇帝一人的窮兵黷武，使千萬維人家破人亡，數萬清兵骨暴黃沙。

修訂版結合史實簡介：

回人在黑水河英奇盤山腳大破清兵，再加圍困，達四月之久，史稱「黑水營之圍」。

余魚同戰後贊揚霍青桐，連載版：

余魚同道：「霍青桐姑娘是維人，怎麼這樣深通孫子兵法？」章進道：「什麼孫子兵法？」余魚同道：「孫子曰：『凡先處戰地而待敵者佚，後處戰地而趨戰者勞，故善戰者，致人而不致於人。』她伏兵持敵，使清兵疲於奔命，不是致人而不致於人麼？孫子又說：『故形人而我無形，則我專而敵分。』……余魚同又道：「她先派老弱的黑旗隊出去誘敵，這不是『能而示之不能，用而示之不用』麼？她命白旗隊把正黃旗精兵遙遙引到大漠之中，而自己主力在大泥淖旁殲敵，不是『近而示之遠，遠而示之近』麼？」陳家洛點頭道：「不錯，她讓數百名殿後戰士被消滅，那是『利而誘之』，棄葉爾羌城是用『卻而避之』，黑水河上斷橋是『亂而取之』了！」周綺聽得不耐煩了，說道：「你們盡掉書袋幹麼呀？人家不懂。」駱冰笑道：「霍青桐妹妹的師父是天山雙鷹，他們是漢人，孫子兵法大概是他們教的。」

修訂版刪除這段冗長晦澀的對話。

第十六回　我見猶憐二老意　誰能遣此雙姝情

霍青桐向南趕去。連載版：陳正德除了袁士霄一事心中存有芥蒂之外，其他各事對愛妻無不言聽計從，她說要去殺人給愛徒出氣，自然跟隨前去。修訂版刪除。

陳家洛心想：「我不知李沅芷是女扮男裝，何嘗不笨？」修訂版加入：轉念又想，也正因此而得與香香公主相愛，卻又未免辜負了霍青桐的一番心意，喜愧參半。再次表現了陳家洛對姊妹二人的複雜情感。

陳家洛獲得寶劍，連載版：陳家洛無意中忽獲寶劍，欣喜不已，向霍青桐姊妹招招手，三人聚在一起商談脫身之計。他們說的是維語，張召重和關東三魔都不知他們說些什麼。修訂版刪除。

張召重和關東三魔看到寶劍不禁叫好。連載版：

張召重心想：「我那凝碧劍遇上尋常刀劍，猶如摧枯拉朽一般，但要切開這樣一塊毫不受力的絲帕，卻是萬萬不能。他日即使我那劍能重行得回，但遇上這柄短劍，只怕要被他一斬兩段。」武林中人喜愛寶劍寶刀，逾於性命，古詩「琅琊王歌」道：「新買五尺刀，懸著中梁柱，一日三摩娑，劇於十五女。」愛刀甚於愛少女，掛在中梁，又是欣賞又是撫摸，可見得意之甚。

修訂版刪除。

一頭黑鷹從頭頂掠過。連載版：

七人見了那鷹，各有各的心思。張召重想：「可惜這鷹飛得太高，否則用金針打它下來，教這關東三魔佩服我的手段。」關東三魔擔心這鷹又是禿頭老者與白髮老婦所養，如再遇上這兩人，定無幸免。香香公主心想這鷹在天空何等自由自在，我們卻在此受困於狼群。陳家洛和霍青桐卻在苦思這鷹如何能在那邊空中斂翼停留？

修訂版刪除。

哈合台拈鬚，霍青桐提示，連載版：原來回疆各族居民中有一部是蒙古人，霍青桐大破兆惠清兵時，部下就有幾隊蒙古戰士，所以她也會說蒙古話。修訂版刪除。

霍青桐乘三魔一齊注視陳張兩人之際，縱馬沖出，修訂版加入：

心想：「他先前為我拚命而入狼群，現下我為他捨身。我也不去甚麼古城，讓餓狼在大漠中將我咬成碎片，一了百了。但願他和喀絲麗得脫危難，終身快樂。」就在此時，陳家洛也縱馬出了火圈。

陳家洛對香香說一定不拿珠寶，修訂版加入：心想：「有你姊妹二人相伴，全世界的珍寶加在一起也比不上。」突然又暗自慚愧：「我為甚麼想的是姊妹二人？」表達陳家洛對姊妹二人的複雜感情，也表現了其優柔寡斷的性格缺陷。

第十七回　為民除害方稱俠　抗暴蒙污不愧貞

陳家洛對這位古代的姑娘不禁肅然起敬，修訂版加入一句：心想她以一個十八歲的姑娘，竟能犧牲自己，真是了不起，而能犧牲寶貴的愛情，那是更加的了不起。

第十八回　驅驢有術居奇貨　除惡無方從佳人

阿凡提告訴腳夫輸不了，連載版：

那腳夫道謝辭出。阿凡提向著屋頂，喃喃自語，他妻子急道：「你吃的了嗎？」阿凡提只是不理。

阿凡提的妻子罵道：「十天半月不回家，一回家就忙別人的事，想起了人家托的什麼還沒辦好，又得匆匆忙忙趕著出門啦。」她拿了三個銅錢一隻碗交給阿凡提道：「快去給我買一碗油來，別傷腦筋啦。」阿凡提接了出門。李沅芷這時對這位怪俠又是佩服，又是奇怪，說道：「我跟鬍子叔叔一起去。」

阿凡提一手端碗，一手拿錢，口裏卻不住嘮叨：「一隻母雞生了許多蛋，蛋孵成小雞，小雞長大了又生蛋，這筆帳怎樣算法？」到了油坊，阿凡提把錢往櫃上一放，伸出碗去，油坊掌櫃往碗裏倒油，一會兒就滿到了碗邊，掌櫃的見油提子裏還有一些油，可是碗裏倒不下去了，便道：「納斯爾丁大哥，這點兒倒在那裏呢？」阿凡提口中念著：「……生了蛋，又孵成小雞。」伸手在身上一摸，什麼盛油的東西也沒有，隨手把油碗一翻，指著碗底道：

「就倒在這碗坑裏吧。」麻油瀉了一地，李沅芷不覺大笑，阿凡提絲毫不覺，仍道：「倒呀！倒呀！」油坊掌櫃便把一點兒油倒在碗坑兒裏。阿凡提拿回家來，他妻子道：「怎麼三個錢只買了這一點兒油？咱們家裏今兒有客，要多烙幾斤餅哪。」阿凡提道：「不，這邊還有呢。」說若又把碗翻了過來，豌坑裏的一點點油登時倒在地下。

他妻子又是好氣，又是好笑，忙拿出手巾來給他抹去身上油漬，阿凡提忽然在妻子臉上「嘖」的一聲親了一下，笑道：「成啦，有辦法啦！快烙餅吧。」他妻子道：「好呀，油呢？」阿凡扯道：「油？我不是買了一大豌回來嗎？」他突然想起自己蠢事，笑得打跌，搶了油碗飛奔出去，這才買了一碗油來。

對於阿凡提這樣一個不重要的角色，穿插了大量的與其相關的故事情節，遠遠偏離了主題，沒有保留必要，修訂版刪除。

哈合台不幫張召重，修訂版加入：他見張召重行為卑鄙，早就老大瞧他不起，只是他此刻猝遇眾敵，再要出言損他，未免有討好對方、自圖免禍之嫌，是以只說到此處為止。三魔並排站在一旁，竟是擺明瞭置身事外。解釋哈合台不幫張召重的原因。

袁士霄說張召重，連載版：「然而心地卻是如此歹毒！」修訂版改為：「若不是心地如此歹毒，我老頭子忍不住要起愛才之心。」余魚同忙道：「不行，老爺子，不行！」

心硯告訴陳家洛眾人都來了，連載版

原來張召重和阿凡提一交手，既知此人功力甚高，當下不敢戀戰，突使奸計，仗著迷城道路千變萬化，逃了進去，心想：惟一脫險之法，那就是重施當日在黃河渡口與群雄相鬥的機智。那時他把文泰來擒在手裏，自己雖然重傷，對方又有無塵道人、陸菲青、趙半山、陳家洛、周仲英、常氏雙俠等高手，但對方終因心有所忌，眼睜睜的讓自己脫逃，現下陳家洛與霍青桐等困在山腹之內，雖然其中古怪很多，也只得冒險沖入，只要把陳家洛擒住，寶劍架在他頸裏，就可大搖大擺的走開了。他自知一人敵不過陳家洛和霍青桐兩人合力，所以拉了三魔相助，那知平白害了滕一雷的一條性命。三人再次進入峰內宮室，這時陳家洛已練完武功，走到池裏，正要和兩姊妹尋覓道路繞過玉峰，突然張召重等發現地道未閉，尋了出來。陳家洛大吃一驚。拉住香香公主的手，三人奔到了池子的另一邊。張召重與顧金標分頭兜截，哈合台卻和顧金標吵了起來，他雙目通紅，罵道：「老大不知吉凶如何，你卻和外人聯手來找女人，快回頭看老大去！」兩人吵得幾句，袁士霄等眾人已經趕到。

連載版這段情節過於冗長不緊湊，修訂版刪除。

哈合台被關明梅劍光罩住，連載版：當日雙鷹大鬧杭州六和塔時，文泰來和余魚同都在天目山養傷而沒親見，這時見關明梅以一個白髮老婦，劍法竟如此神奇，眼見哈合台這一個長大精壯漢子就要命喪當地，都喑喑佩服。修訂版刪除。

袁士霄呻吟不語，心中大惑不解，陳家洛這套非但不是他的傳授，而且武林中從未所見，連載版：他當年情場失意，潛心武學，遍訪師友，把大江南北、關內關外各家各派的武功都涉獵了一番，歸隱大漠之後，創出『百花錯拳』來。修訂版刪除這段對袁士霄的評論。全書未提及陳家洛之前的感情，因此「當年情場失意」無從談起，修訂版刪除。

眾人向圓城進發，連載版：眾人大功告完，齊向圍住狼群的圓城進發。因為馬匹不夠，駱冰抱著李沅芷，余魚同押著張召重，受傷的衛春華、章進，輩位尊長的袁士霄、天山雙鷹、陸菲青以及霍青桐、香香公主等乘馬，其餘眾人步行相隨。文泰來縱聲高歌，人人興高采烈。

修訂版刪除。

第十九回　心傷殿隅星初落　魂斷城頭日已昏

天虹倏然變色，白眉掀動，連載版：頭頂如蒸籠般冒出熱氣。陳家洛、陸菲青、文泰來等武功較高的人都不禁駭然，心中暗暗稱奇，瞧這位老禪師年已八十開外，竟然有如此深湛武功。周仲英黯然道：「陳當家的千里迢迢來到閩南，是為著我那故世的苦命師兄了？」修訂版已經改變了周仲英和于萬亭之間師兄弟的關係，因此刪除這段。

天虹眼睛睜開了一條縫，連載版：

他拿起小錘，在雲板上輕輕敲了三下，一名青年僧人低頭合手進來。天虹道：「鳴鐘集眾！」那僧人退了出去，不一會，巨鐘之聲，鏜鏜連響。天虹向陳家洛等舉手問訊，退入內室更衣。徐天宏問周仲英道：「爹，老禪師這是什麼意思啊？」周仲英皺眉道：「他說會齊僧眾商議。」周綺扁嘴道：「說說總舵主義父的事，又有什麼大不了，這樣大驚小怪？」周仲英見女兒有孕，心中自然歡喜，見她毛包脾氣不改往昔，不覺微笑。過了一頓飯時分，僧眾商議已定，知客僧來請群雄到法堂上去，只見千餘名僧眾齊穿袈裟，站立兩旁，堂上香烟繚繞，氣象莊嚴。天虹禪師坐在正中，左首是達摩院首座天鏡禪師、藏經閣首座天痴大師；

右首是戒持院首座大癲大師、監寺大雄大師。大雄下座肅請群雄讓座。

修訂版刪除，簡明扼要的改為：陸菲青、陳家洛、文泰來等心中都是一凜：「這位老方丈內功修為如此深湛。」陳家洛見過蔣四根的槳法，連載版：剛才文泰來力戰三僧時，見元傷所用的也就是瘋魔杖法，但同樣一條禪杖，同樣的招術，用在大癲手裏，威力何止增加數倍。要知少林寺中，這時當行的是「天大元滅」四輩，大癲是第二輩，元傷等雖是第三輩中高手，究竟功力遠遜。修訂版刪除。

天鏡全神貫注，連載版：以少林派中最精妙的「降龍十八掌」掌法相敵，等到鐘聲一停，陳家洛收掌道：「咱們已折了二十多招了。」提到「降龍十八掌」，修訂版刪除後改為：出掌相敵，折到鐘聲止歇，陳家洛收掌道：「再拆下去，晚輩接不住了。」陳家洛向天鏡行了個禮，連載版：

向後殿走去。行了幾步，天鏡道：「我問你一句話。」陳家洛止步回頭，天鏡道：「適才我和你拆了二十餘招，我的掌法你都記得嗎？」陳家洛道：「弟子記得。」天鏡道：「你自己可以領會研習，卻不許傳授旁人，這是少林寺的鎮山之寶。」陳家洛一怔，心中大悟，原來天鏡剛才把一套上乘的掌法傳給他自己，當下撲翻在地，磕頭拜謝。天鏡道：「你知道我為什麼傳你這套掌法？」陳家洛道：「弟子不知。」天鏡道：「我從你的掌法中領悟了許多武術的精義，投桃報李，我也得奉還一些。再者，我是完了二十餘年來沒能了的一樁心願。」陳家洛怔怔的望著他，愕然不解。天鏡凄然道：「同門師兄弟中我和你過世的義父最好，我答應過教他這降龍十八掌的。」陳家洛黯然無語，天鏡又道：「當年你義父學藝未精，就要下山。先師勸他再等三年，學會了這降龍十八掌之後出寺，但你義父心有掛懷，不能再等。先師嘆息一番，也就罷了，我送他到山門時，曾有言道，等我學會之後，他日相見，定必轉授。那知你義父後來犯了門規，咱們師兄弟再無相見之日。現在我傳授給你，你好好去吧！」陳家洛又施一禮，出得殿來，只覺全身乏力，倚在墻上調了好一陣息。

作者最初寫《書劍恩仇錄》時，的確要將「降龍十八掌」作為少林寺的鎮山之寶，但隨著《射鵰》系列及《天龍八部》的陸續誕生，作者把降龍十八掌這一「神功」專門贈給了丐幫，成為丐幫歷代的「絕門武功」，而留給清代少林寺的盡可能是一些寫實的真功夫，所以修訂版刪除了全部有關「降龍十八掌」的情節。

方家舉家避禍，不知逃奔到那裏去了。連載版：心硯尋了火種要放火燒屋，替徐天宏出一口氣，余魚同道：「七哥七嫂他們就在附近，七嫂行動不便，這時別給他們惹事。」心硯伸了伸舌頭道：「對，我險些闖禍。」修訂版刪除。

眾人都說該當嚴加戒備，以防不測。連載版：

正在此時，石雙英攜著無塵道人的手到來，群雄又是一陣大喜。陳家洛道：「道長休嫌辛苦，立即隨我進宮去走一遭。」無塵見一到就有大事可幹，興致極好，李沅芷把張召重的凝碧劍雙手遞上，說道：「道長，您老人家有大事要辦，用這柄劍吧。」無塵一笑接過，聽說張召重已死，嘆道：「可惜我老道沒能親手殺他。」

此時，白振奉命來請陳家洛，陳家洛讓其稍等片刻，入內和群雄商議進宮，此時出現這樣一段情節太不合時宜，而且無塵早就到石雙英的宅第等候陳家洛，沒有必要大家再寒暄一番，因此修訂版刪除。

陳家洛來到樓前，連載版：但樓前卻有許多維人所用的帳篷。陳家洛在回部這種景色司空慣見，但在皇宮內院之中，乍見這種大漠風光，不覺十分驚奇，想起霍青桐姊妹，又是一陣心酸。這些回人帳蓬和這繁花似錦的大花園實在極不相稱，不知搭在這裏有何用處？修訂版刪除，相關疑問的情節放在後文。

乾隆聽曲大悅，修訂版加入：

陳家洛彈奏之間，微一側頭，忽然見到一張幾上放著那對回部送來求和的玉瓶，瓶上所繪的香香公主似在對自己含睇淺笑，錚的一聲，琴弦登時斷了。乾隆笑道：「怎麼？來到宮中，有些害怕麼？」陳家洛站起身來，恭恭敬敬的說道：「天威在邇，微臣失儀。」乾隆哈哈大笑，甚是得意，心想：「你終於怕了我了。」

陳家洛看到玉瓶上畫像而想到香香公主，觸景生情，琴弦崩斷，而乾隆卻以為是對他的懼怕，修訂的細緻入微。

陸菲青等只得向乾隆跪倒磕頭。修訂版加入一段無塵的心理活動：無塵肚裏暗暗咒罵：「臭皇帝！那日在六和塔上，嚇得你魂不附體，今日卻擺這臭架子。老道若不是瞧著總舵主的面子，一劍在你身上刺三個透明窟窿。」

常氏兄弟與遲武二人交手，連載版：

白振讚道：「雙俠黑沙掌功夫果然名不虛傳。這兩人狂妄得很，教訓教訓他們也好。」群雄一笑辭出。……對陳家洛道：「久仰奔雷手文四爺的威名，可否給在下引見引見？」陳家洛笑道：「那一位就是了。」引著白振過去，互通姓名。白振見文泰來身高膀闊，神態威武，心裏暗暗讚嘆。

白振早已見過文泰來，因此修訂版刪除。

香香公主對寶月樓中一切珍飾寶物視而不見，連載版：每日價望天出神，想著的就是在回部大漠中各種賞心樂事。修訂版改為：只是望著四壁郎世寧所繪的工筆回部風光，呆呆出神，追憶與陳家洛相聚那段時日中的醉心樂事。郎世寧史上確有其人，為乾隆時期意大利畫家，增加情節可信度。

乾隆讓香香公主到窗邊來瞧瞧。修訂版加入：吩咐太監，取鐵錘來起下釘窗戶的釘子，打開了窗。原來乾隆怕她傷心憤慨，跳樓自盡，是以她所住的這一層的窗戶全部牢牢釘住。細筆描寫乾隆擔心香香公主自殺而釘住窗戶的情景。

乾隆看到做了一半的「寶月樓詩」，修訂版加入：那兩句「樓名寶月有嫦娥，天子昔時夢見之」，平仄未叶，才調稍欠，本想慢慢推敲，倘若聖天子洪福齊天，百神呵護，忽然筆底下自行鑽出幾句妙句來，也未可知，但這時氣惱之下，隨手將詩箋扯得粉碎。表現當時乾隆被香香公主拒絕而氣急敗壞。

白振去宣召陳家洛。連載版：他見皇帝如此安排，不覺為陳家洛栗栗危懼，心想：「他孤身而來，本領再高也抵擋不了四十名高手侍衛的攢攻。他對我有救命之恩，我如何不思報答？但皇上的布置又豈能向他泄露，只好看機會盡我之心了。」修訂版刪除。

兩人到明成祖墓前，連載版：

陳家洛黯然道：「去瞧明朝皇帝們的墳墓吧。」兩人在明成祖的墓旁徘徊了一回，陳家洛把成祖為了爭奪皇位，叔侄相殘事告訴了她，香香公主道：「這人沒有好心腸，別瞧了。」陳家洛心想：「過去帝皇中賢如唐太宗，為了爭奪皇位，也有玄武門之變而殺死親哥哥親弟弟。雍正皇帝對兄弟更是殘刻了，要是不為了搶奪皇位，也不致於將我哥哥換去，那麼我和喀絲麗遠走大漠，這就安心理得了。唉，命該如此，有什麼好說。」香香公主突然見他臉現不愉之色，忙問：「我說錯了什麼？」陳家洛笑道：「沒說錯，這皇帝很壞，咱們不看他。」

修訂版改為：

縱馬直向天壽山馳去。過了牌坊和玉石橋後，只見一座大碑，寫著「大明長陵神功聖德碑」九個大字，碑右刻著乾隆所書的幾行題字：「明之亡非亡於流寇，而亡於神宗之荒唐，及天啟時閹宦之專橫，大臣志在祿位金錢，百官專務鑽營阿諛。及思宗即位，逆閹雖誅，而天下之勢，已如河決不可復塞，魚爛不可復收矣。而又苛察太甚，人懷自免之心，小民疾苦而無告，故相聚為盜，闖賊乘之，而明社遂屋。嗚呼！有天下者，可不知所戒懼哉？」

陳家洛瞧著這幾行字，默默思索：「他知道小民疾苦而無告，故相聚為盜。倒也不是沒有見識。」香香公主道：「你瞧的是甚麼啊？」陳家洛道：「那是皇帝寫的字。」香香公主恨道：「這人壞死啦，別瞧他。」拉著他手向內走去，只見兩旁排著獅、象、駱駝、麒麟以及文武百官的石像。香香公主望著石駱駝，想起家鄉，淚水湧到了眼裏。

陳家洛心想：「和她相聚只剩下今朝一日，要好好讓她歡喜才是。過了今天，我兩人終生再沒快樂的日子了。」於是打起精神，笑道：「你想騎駱駝是不是？」將她抱起，輕輕一躍，兩人都騎上了駝背，口裏吆喝，催石駱駝前進。香香公主笑彎了腰，過了一會，嘆道：「要是這駱駝真能跑，把咱倆帶到天山腳下，可有多好。」陳家洛道：「那你要做甚麼？」香香公主眼望遠處，悠然神往，道：「那時候我可忙啦。要摘花朵兒給你吃，要給羊兒剪毛，要給小鹿喂羊奶，要到爹爹、媽媽、哥哥的墳上去陪他們，要想法子找尋姊姊……」陳家洛心頭一震，忙問：「你姊妹怎麼了？」香香公主淒然道：「那天夜裏，清兵突然從四面八方殺到，姊姊正在生病。亂軍中都沖散了，後來我始終沒再聽到她的消息。」

修訂版刪除陳家洛評論唐太宗、雍正的情節，加入墓碑上乾隆評論明神宗的題字前文，依據現實，緊扣主題，同時增加二人騎石駱駝玩耍的故事情節，為後文發生悲劇做鋪墊。

第二十回　忍見紅顏墮火窟　空餘碧血葬香魂

太后陰森的臉上露出了一絲笑容，道：「好，這才不亂了祖宗的遺訓。」連載版有一段敘論：

原來太后鈕祜祿氏常常想到皇帝不是自己親生的兒子，只要這秘密一泄露，朝廷中免不了一番大亂，幸而數十年來平安無事。去年春間，乾隆的乳母廖氏突然不明不白的死了，大後起了疑心，仔細查問，毫無端倪，不覺疑心更甚，於是暗中把雍正遺下來的一批血滴子召來，各人厚厚的賞賜一筆，派他們到海寧陳家偵查動靜。乾隆在杭州失踪，在西湖中會見陳家洛，到海寧祭墓等情由，血滴子都查明了稟告太后。太后一聽，知道乾隆已發覺了自己的身世，十分擔憂，只得暗中提防。她想：「他去掃祭生父生母的墳墓，也是一番孝思，只要不再有什麼悖亂舉動，也就不去揭穿為是。」這天聽說皇帝接連召見陳家洛，又命他帶了那回子的姑娘出外，知道必定有所圖謀，夜中預行布置之後徑來探視，卻見他穿了漢人衣衫，心想火頭已起，如不撲滅，勢必燎原，所以當下發作了出來。

乾隆又道：「兒子已從各地物色了不少好手，用來對付這批紅花會的叛逆。太后身邊得力的人，到那時兒子也想借來一用。」太后心想：「我手下的武士你一向就瞧著不順眼，現在想叫他們打頭陣，與紅花會的叛徒鬥個兩敗俱傷，這借刀殺人之計，我豈有不知？」於是說道：「好，到時候你來調用吧。」乾隆掛念著香香公主的消息，道：「太后請回寢宮安息吧。」

前文已經點明「乾隆知道太后耳目眾多，這事多半已瞞她不過」，理由簡單充分，不需要再重複贅述，因此修訂版刪除這段話。

乾隆把八旗旗兵分派給了八王統領。修訂版加入：

八名王公暗暗納罕，均想：按照本朝開國遺規，正黃、鑲黃、正白三旗，由皇帝自將，稱為上三旗，餘下五旗稱為下五旗。每一旗由滿洲都統統率。此時太后分給八王統領，卻是大大的不符祖宗規矩了，擺明是削弱皇帝權力之意，眼見太后懿旨嚴峻，不敢推辭，當下磕頭謝恩，有的心想：「明日還是上折歸還兵權為是，免惹殺身之禍。」

加入太后如何具體削奪皇權，又結合故事情節介紹了史實。

乾隆看過遺詔，連載版：太后把遺詔給乾隆一看，示意你如敢輕舉妄動，我自有制你之法，而把遺詔放在雍正的舊居，面子上是不忘先皇，其實是不放心置在宮內，生怕乾隆派人暗中銷毀。修訂版刪除。

香香公主自殺，連載版：

眾維人正跪著虔誠禱告，那些喬裝的侍衛們也都伏在地下。在香香公主右邊的那名侍衛忽見地上一股殷紅的鮮血緩緩流動，吃了一驚，見鮮血正從香香公主身下流出，把她白衣染紅了一大塊，這一驚更是非同小可，大叫一聲，跳起身來，拉著香香公主的袖子一扯，只見她閉目垂頭，早已死去，胸口插著一柄短劍。

對於香香公主自殺，前文是這樣寫的，將短劍刺進了那世上最純潔最美麗的胸膛，已經足夠震撼，再交代被人發現死亡有些畫蛇添足，所以修訂版刪除。

陳家洛與大家談論武藝，連載版：他心想：「降龍十八掌是少林寺的鎮山之寶，天鏡禪師說過是不能傳授外人的，我把從神峰中學來的掌法試演一番吧。」如前文所述，「降龍十八掌」是後來在金庸作品給予宋朝丐幫的「絕門武功」，不屬於少林寺的鎮寺之寶，因此修訂版刪除這段話。

陳家洛進內堂休息，連載版：

無塵長嘆一聲道：「在這當口，還練什麼勞什子的武功！」李沅芷望著地下一灘鮮血，暗想：「原來他是個情深義重之人，剛才我錯怪了他。」群雄見總舵主如此，都很惶急，陸菲青卻道：「他是一時急痛攻心，又強行忍住，以至嘔血。總舵主武功精湛，調攝一下，便不礙事。」眾人知他年長見事多，既如此說，才放了一點心。

修訂版刪除。

群雄被圍，連載版：乾隆這次是處心積慮要把紅花會全部高手一鼓殲滅，以免遺下後患，所以調集了御林軍與侍衛的精銳，伏下了重重甲兵，紅花會群雄雖然英雄，但好漢敵不過人多，形勢甚為危急。修訂版刪除。

白振待要進招，連載版：陳家洛道：「師叔，你傳了弟子降龍十八掌，讓弟子試演一下，請師叔指正。」連載版再次提到「降龍十八掌」，修訂版刪除。

方有德挾持孩子當人質，修訂版加入：趙半山手扣暗器，隨便一枚發出，必制方有德的死命，只是這孩子實在太過脆弱，萬一方有德臨死之時手指使勁捏死了他，那使如何是好？他扣著暗器的手微微發顫，饒是周身數十種暗器，竟是一枚不敢妄發。在連載版裏有個小漏洞，即方有德不會武功，而在場的紅花會高手為何不向方有德施放暗器，修訂版加入的這段，說明了即使現場有趙半山這樣的暗器高手，為了保護孩子安全，誰也不敢輕舉妄動，這就作了合理的解釋。

付出修訂心力最多的作品
——《碧血劍》連載版與修訂版評析

《碧血劍》是金庸的第二部小說，從一九五六年一月一日起在《香港商報》連載，到一九五六年十二月三十一日結束，連載了整整一年。從連載版到修訂版，從修訂版再到新修版，《碧血劍》堪稱是金庸改動最多的作品。作者在二零零二年新修版的《後記》裏說：「《碧血劍》以前曾作過兩次頗大修改，增加了四分之一左右的篇幅。這一次修訂，改動及增刪的地方仍很多。修訂的心力，在這部書上付出最多。初版與目前的三版簡直是面目全非。」從作者的表述可以看出，《碧血劍》情節改動之大，篇幅增加之多，在金庸的十五部作品中實屬罕見。若從增加和改動的內容占據全書情節的比重看，或許只有《白馬嘯西風》可以相比，但《白馬嘯西風》作為一部中篇小說，從成就上又無法與之相提並論。

從連載版到修訂版，《碧血劍》的修改幅度非常大，一個很重要的原因是連載版在人物塑造和情節敘述方面都不夠完美，甚至可以說是漏洞較多。例如，全書第一大反派玉真子在前文沒有做任何敘述鋪墊，直到故事情節發展到最後一回才突兀地在華山出現；再如，當時的另一大政治勢力滿清皇太極，在全書甚至沒有安排相關情節，而且對李自成、袁崇煥等真實歷史人物的事迹敘述也寥寥無幾，與全書明末清初波瀾壯闊的歷史背景不相符。正因如此，金庸才對該書進行了大幅度修訂，修訂的內容值得研究。以下從開篇與結尾的重大改動、玉真子綫索、滿清皇太極史實、袁崇煥史實、李自成義軍、金蛇郎君和金蛇劍及各回其他修訂共七個方面，將《碧血劍》連載版與修訂版的主要差異進行比較評析。

一、開篇與結尾的重大改動

金庸對開篇有重大改動的作品為數不少，最典型的是《射鵰英雄傳》，連載版開篇直接介紹故事的歷史背景，修訂版改為張十五說書。但縱觀金庸的十五部小說，開篇和結尾在出場人物、故事情節等方面均有重大改動的，唯《碧血劍》一部。

《碧血劍》連載版開篇的出場人物是侯朝宗，字方域，河南商丘人氏，不到二十歲，世代書香之後，戶部尚書侯恂之子。全書開場的時間是明崇禎五年，侯朝宗與書僮侯康出現在陝西秦嶺道上。故事情節交代，侯朝宗稟明父母出外游學，但由於天下大亂、盜賊如毛，父母本來不放心，但他堅持要去，父母強他不過，只得答應。侯朝宗才氣縱橫，甚有膽略，帶領書僮一路往西，沿途游山玩水，在道上看見餓斃的死屍，慘不忍睹，遇到饑民還拿出銀子救濟，主僕二人最後到了終南山腳下的「終南客棧」。連載版的開篇具有通俗小說情節性、傳奇性、驚險性強的共性特徵，容易很快吊足讀者的胃口，引起讀者繼續往下看故事的興趣。

與連載版典型的通俗小說寫法截然不同，《碧血劍》修訂版開篇較連載版作了大幅度改動，作者以歷史小說的筆法展開故事情節。先通過引用《明史》敘述明成祖皇帝永樂六年，海外渤泥國國王帶隊朝貢，後病死於中土。渤泥國後立女王，張那督女兒誣告其父造反，致使那督自殺，但那督為國人所敬。張那督後代張信給兒子取名張朝唐。張朝唐十二歲那年，福建有一名士人屢試不第，棄儒經商，隨鄉人來到浡泥國，由於不善經營而將本錢蝕得乾淨，就此流落異邦。有人薦他去見張信，想要謀個生計。張信和他見面後非常高興，便即聘為西賓，教兒子讀書。老師推薦張信遣子回中土應試，張信答應。明崇禎六年，張朝唐同老師帶上僮兒張康回漳州應試。路上流寇四起，教書先生被盜賊殺死，主僕二人不敢去廈門，從陸路西赴廣州，經南靖、平和至三河壩，到廣東省境，行經鴻圖嶂，到市鎮看到掛著「粵東客棧」「招牌」的客店。

連載版開篇的情節存在一些不符情理之處。連載版故事發生的時間是明崇禎五年，當時正是政治局勢動蕩的年代，作為一個書生，侯朝宗明知天下大亂且賊盜盛行，卻還執意獨自出外游學，地點還是在李自成義軍和明朝軍隊對峙的主戰場陝西，明顯不合情理。修訂版故事發生的時間是明崇禎六年，出場人物改為對中土政治時勢不熟悉的渤泥國人張朝唐到中土應試，在廣東遭遇官兵流寇，自然就解決了連載版存在的小漏洞。另外在連載版中，袁崇煥舊部選擇與袁崇煥沒有任何聯繫的陝西老鴨山聚會祭奠，也確實有些牽強，而修訂版改為在袁崇煥的故鄉廣東聖峰嶂祭奠就顯得合情合理。

全書結尾，連載版敘述袁承志給李岩掃墓時，再度遇上十年前的侯朝宗，二人在旅社一醉方休。侯朝宗賦詩一首贈與袁承志，袁承志吟後意興蕭索，後撿到西洋軍官所贈地圖，帶領眾人遠征異域，赴海外開闢一片新天地。連載版原文是這樣寫的：

一日到墓上掃祭，忽見一位中年書生，白衣白冠，在野外北望而哭，承志見了奇怪，問起姓名，原來就是十餘年前在老鴉山會見過的侯朝宗，這時鬢髮蒼然，已非舊時容顏。兩人同往旅舍，飲得酩酊大醉，侯朝宗提筆賦詩一首，贈給承志，飄然而去，詩云：「漁樵同話舊繁華，短夢寥寥記不差。曾恨紅箋銜燕子，偏憐素扇染桃花。笙歌西第留何客？烟雨南朝換幾家？傳得傷心臨去語，每年寒食哭天涯。」

承志反復吟咏，更是意興蕭索，這日檢點行裝，忽然檢到那位西洋軍官所贈那張海島之圖，神游海外，壯志頓興，不禁拍案長嘯，率領青青、何惕守、啞巴、崔希敏等人，再招集祖仲壽、孟伯飛父子、宛兒夫婦、沙天廣、胡桂南等七省豪傑，又得七十二島島主鄭起雲之助，遠征異域，終於在海外開闢了一個新天地。

正是：滿堂花醉三千客，一劍霜寒四十州。

修訂版的結尾部分比較長，增加了六大段內容，主要敘述袁承志帶領眾人為救李岩加緊趕往西安，路上遇見闖軍對百姓作惡，眾人救了百姓。之後，袁承志遇到了張朝唐、張康和楊鵬舉，三人在海外渤泥國聽說闖軍攻克北京，啟程重來故國，要見太平盛世風光，豈知被闖軍當作奸細，險些喪命。眾人救李岩未果，一日，張朝唐和袁承志談起渤泥國民風淳樸，安靜太平，想讓袁承志去渤泥國散散心。袁承志不願寄人籬下，後想到西洋軍官贈送的地圖。張朝唐告訴那是在渤泥國左近的一座大島嶼，眼下為紅毛國海盜盤踞，騷擾海客。袁承志一聽之下，神游海外，壯志頓興，決定帶領眾人將紅毛海盜驅走，開闢一片新天地。

連載版出場及結尾人物是明朝廷戶部尚書兒子侯朝宗，侯朝宗是歷史真實人物，明末清初文學家。修訂版則將出場及結尾人物改為渤泥國那督的後代張朝唐。在修訂版中，張朝唐作為一個外國人，十年間兩次親臨中土，開篇遇到明朝官兵被說成強盜而要謀財害命，結尾再次遇到闖軍而又被說成奸細仍要謀財害命，兩次相同的親身遭遇反映出當時無論是明崇禎政權還是李自成農民起義軍政權均是朝綱腐敗，民不聊生，所以張朝唐才有「中華地大物博，百姓人人生死繫於一綫，渤泥只是海外小邦，男女老幼確實安居樂業，無憂無慮」的感受。修訂版從一個外邦人士的視角看明末中土的社會情景，比連載版一個朝廷官員的兒子更具震撼力和說服力，而且前後在兩次不同政權下相同遭遇的寓意也更加深刻，具有強烈的反諷意味。

《碧血劍》修訂版開篇引用《明史》文字材料進行敘事，使作品更具濃厚的歷史感，是金庸試圖向歷史小說靠攏的顯著體現。用史實作為開篇，雖然缺少了武俠小說開篇的傳奇性和驚險性，但卻使作品更具文學底蘊，是俗文學向雅文學過渡的成果。從人物塑造看，無論侯朝宗、張朝唐還是楊鵬舉都只是全書不重要的配角，甚至可能連配角也稱不上，他們只在開篇和結尾時兩次出現，當然其作用無非是為了交代歷史背景，串連故事情節，引出主要人物登場。雖然角色微不足道，但每個人都個性鮮明，令人難忘，體現了金庸在塑造人物方面的深厚造詣。

二、有關玉真子綫索的安排

玉真子作為《碧血劍》全書第一大反派人物，在連載版裏直到全書故事發展的最後階段，才突兀的在華山憑空冒出，匆匆與木桑及袁承志打了兩場，遭小金蛇咬後中毒身亡，因此連載版塑造的玉真子並不成功，不僅事迹不多，形象也不突出。鑒於連載版存在的這個比較嚴重的問題，修訂版對玉真子的情節綫索重新進行了安排，運用滿清皇太極的背景，為其增加了一些故事情節，讓他有足夠的理由提早出現，同時通過木桑的言行對其出場也做了一些必要的鋪墊，從而豐富了這個大反派的形象。儘管玉真子作為反派人物仍有公式化、臉譜化的弱點，但修訂後人物的形象確實比連載版要豐滿許多。以下按照故事情節的發展，探索作者對玉真子綫索的精心安排。

第三回，穆人清教承志練劍是遇到木桑道長，木桑道長贈給承志桑蠶背心，修訂版加入一大段：

說了一陣話，穆人清問道：「那人近來有消息沒有？」木桑道人本來滿臉笑容，聽他提到「那人」，不由得嘆了口氣，神色登時不愉，說道：「不瞞你說，這傢伙不知在甚麼地方混了一段日子，最近卻又在山海關內外出沒。老道不想見他，說不得，只好避他一避。來到華山，老道是逃難來啦。」穆人清道：「道兄何以長他人志氣，滅自己威風？憑著道兄這身出神入化的功夫，難道會對付他不了？」

木桑搖了搖頭，神色甚是沮喪，道：「也不是對付他不了，只是老道狠不下這個心，這些年來，我曾和他兩次相鬥。第一次我已占了上風，最後終於念著同門情誼，先師臨終時又叮囑我好好照顧他，老道教諭無方，致他誤入歧途，陷溺日深，老道心中有愧。最後這一擊便下不了手。第二次相鬥，他不知在何處學來了一些邪派的厲害功夫，一劍刺在我心口，幸賴這件背心護身，劍尖刺不進去。他吃了一驚，只道我練成奇妙武功，這麼一疏神，又給我制住。我好好勸了他一場，他卻只是冷笑，臨別之時說道：「我想明白了，原來你只是仗著寶衣護身，下次動手。我刺你頭臉，你又如何防備？」

穆人清怒道：「這人如此狂妄。道兄念著同門情義，一再饒他性命，姓穆的跟他可沒甚麼瓜葛？道兄，你在敝處盤桓小住，我這就下山去找他。只要見到他仍在為非作歹，老穆提了他首級來見你。」

木桑道：「多謝你的好意。但是我總盼他能自行悔悟，痛改前非。這幾年來，對他的邪門武功我曾細加揣摩，真要再動手，也未必勝他不了。我躲上華山來，求個眼不見為淨，耳不聞不煩，也就是了。他如得能悔改，那自是我師門之福，否則的話，讓他多行不義必自斃吧。」說著嘆了口氣，又道：「他能悔改？唉，很難，很難！」

穆人清道：「聽說這人貪花好色，壞了不少良家婦女的名節，近來更是變本加厲。這種武林敗類，下次落在道兄手裏，千萬不可再重舊情。道兄清理門戶，鏟除不肖，便是維護尊師的令名，報答尊師的恩德。」木桑點頭道：「穆兄說的是。唉！」說著嘆了口長氣。

袁承志聽著二人談話，似乎木桑道人有一個師弟品性十分不端，武功卻甚是高強，捧著那件背心，對木桑道：「道長，你要除那惡人，還是穿了這件背心穩當些。等你除去了他，再賜給弟子吧。弟子武功沒學好，不會去跟壞人動手，這件寶貝還用不著。」

木桑拍拍他肩膊，道：「多謝你一番好心。但就算沒這件背心護身，諒他也殺不了我。這惡人的邪門功夫只能攻人無備，可一而不可再。小娃娃倒不用為我擔心。」

修訂版加入的幾段情節，均是通過木桑道長與穆人清和袁承志的對話體現的，作為玉真子的師兄，木桑是為玉真子出場進行鋪墊的重要人物。這幾段交代了一些有關玉真子的故事綫索，由於玉真子在山海關出沒，木桑不想見他而到華山躲避，因此遇到穆人清師徒；木桑與玉真子曾兩次相鬥，第一次木桑占上風，但念著同門情誼下不了手，第二次玉真子憑邪怪武功險些傷害木桑，木桑因借助寶衣護身而沒有收到受到傷害；玉真子品行不端，穆人清要替木桑鏟除，木桑礙於師兄弟情面只盼玉真子主動悔改；穆人清勸說木桑清理門戶，鏟除不肖，便是維護尊師的令名。增加的這些情節使讀者對玉真子大致有一個初步瞭解，為玉真子後來的出場做了必要的前期鋪墊。

木桑之所以將桑蠶衣送給承志，連載版說：桑蠶衣曾救過他性命，但現在除穆人清外，天下無人能傷他。修訂時由於加入玉真子綫索，因此修訂版解釋：木桑當年與玉真子鬥武，險遭毒手，幸好桑蠶衣護身，木桑認為玉真子邪門武功只能攻人無備，現在即使沒有桑蠶衣，玉真子也傷不了他。修訂版運用一切因素甚至木桑的桑蠶寶衣這些事物，不斷加入玉真子的綫索，為玉真子的出場做前期鋪墊。

木桑到華山找穆人清的理由，連載版只是為了過棋癮，似乎過於牽強，而修訂版是為了躲避玉真子而逃避到華山，理由就充分多了。

第九回，木桑幫助袁承志解決與歸辛樹夫婦之間的過節，袁承志陪木桑下棋，修訂版加入兩段：

又下數子，木桑在西邊角上忽落一子，那本是袁承志的白棋之地，黑棋孤子侵入，可說是干冒奇險。他道：「承志，我這一手是有名堂的。老道過得幾天，就要到西藏去。這一子深入重地，成敗禍福，大是難料。」袁承志奇道：「道長萬里迢迢的遠去西藏幹甚麼？」木桑嘆了口氣，說道：「去找一件東西。那是先師的遺物。這件物事找不到，本來也不打緊，但若給另一人得去了，那可大大的不妥。好比下棋，這是搶先手。老道若是失先，一盤棋就輸得乾乾淨淨。原來對方早已去了幾年，我這幾天才知，現下馬上趕去，也已落後。」袁承志見他臉有憂色，渾不是平時瀟灑自若的模樣，知他此行關係重大，說道：「弟子隨道長同去。咱們幾時動身？」木桑搖搖頭：「不行，不行，這事你可幫不上忙。」

這時木桑侵入西隅的黑棋已受重重圍困，眼見已陷絕境，袁承志忽然想起：「道長把這塊棋比作他西藏之行，若是我將他這片棋子殺了，只怕於他此行不吉。」沉吟片刻，轉去東北角下了一子。木桑呵呵大笑，續在西隅下子，說道：「凶險之極！這著棋一下，那可活了。你殺我不了啦！」

這兩段情節主要講述，木桑與袁承志下棋時告訴要去西藏找先師的遺物，又擔心被師弟玉真子先得到，所以此行事關重大，同時運用下棋寓意了此行的凶險。這是繼袁承志在華山習武首次見到木桑道長後，第二次由木桑提及師弟玉真子，為玉真子的出場再次做鋪墊。

第十回，穆人清說到木桑不收徒弟，連載版說是「吃了徒弟的虧」，由於在連載版裏，玉真子是木桑的弟子，而修訂後玉真子變成木桑的師弟，因此修訂版改為「吃了本門中不肖弟子的虧」。

第十三回是全書增加有關玉真子故事情節最多的部分。袁承志等與葡萄牙軍官彼得分手後，連載版說直接到北京城找崇禎報仇，而修訂版插入一大段到盛京刺殺滿清皇太極的情節，其目的，一是為補充豐富當時滿清政治勢力的歷史背景，二是為安排全書第一大反派玉真子正式出場。玉真子身份是清兵總教頭，而且一出場就顯露出武藝高強，為袁承志生平所遇最大對手。袁承志刺殺皇太極時，玉真子出場的情景是這樣描述的：

忽聽得身後有人喝道：「好大膽，竟敢行刺皇上？」說的是漢語。袁承志全不理會，左腳帶著那名死武士，跨步上前去追皇太極，只跨一步，頭頂風聲颯然，一件兵刃襲到，勁風掠頸，有如利刃。袁承志吃了一驚，知道敵人武功高強之極，危急中滾倒在地，一個筋斗翻出，舞劍護頂，左手扯脫腳上的死武士，這才站起。燭光照映下，只見眼前站著一個中年道人，眉清目秀，臉如冠玉，右手執著一柄拂塵，冷笑道：「大膽刺客，還不拋下兵器受縛？」袁承志眼光只向他一瞥，又轉去瞧皇太極，只見已有十餘名衛士擋在他身前。袁承志斗然躍起，急向皇太極撲去，身在半空，驀見那道士也躍起身子，拂塵迎面拂來。袁承志金蛇劍連刺兩下，快速無倫。那道士側頭避了一劍，拂塵擋開一劍，跟著千百根拂塵絲急速揮來。袁承志伸左手去抓拂塵，右手劍刺他咽喉。刷的一聲響，塵尾打中了他左手，手背上登時鮮血淋漓，原來他拂塵之絲係以金絲銀絲所製，雖然柔軟，運上了內勁，卻是一件致命的厲害兵刃。就在這時，金蛇劍劍尖上的蛇舌也已鉤中那道人肩頭。兩人在空中交手三招，各受輕傷，落下地來時已交叉易位，心下均是驚疑不定：「這人是誰？武功恁地了得，實是我生平所僅見。」

第十四回主要講述了玉真子在布庫武士的幫助下抓到了袁承志，袁承志被祖大壽帶到府中後，通過祖大壽的介紹初步瞭解了玉真子的情況，玉真子來自西藏，武藝高強，通過校技獲封滿清「護國真人」，做了布庫總教頭：

那玉真子的點穴功夫當真厲害，初時還以為給封閉了的穴道已然解開，但一運氣間，便覺胸口終究不甚順暢，心知坐著不動，那也罷了，若是與人動手，或是施展輕功跳躍奔跑，勢必會閉氣暈厥。……祖大壽臉上微現喜色，道：「公子好些了？」袁承志道：「全好了！那玉真子道人是甚麼來歷？武功這麼厲害。」祖大壽道：「他是新近從西藏來的，上個月宮中布庫大校技，這道人打敗二十三名一等布庫武士，後來四五名武士聯手跟他較量，也都被他打敗了。皇帝十分喜歡，封了他一個甚麼『護國真人』的頭銜，要他作布庫總教頭。」第十四回，承志於夜間找到玉真子，玉真子的寶劍、衣服被胡桂南偷走，赤身與承志再次交戰。

手忙腳亂的只顧抵擋來招，左手卻始終緊緊抓著棉被不放。再拆兩招，背心上又被袁承志一掌擊中。這一掌蓄著混元功內勁，玉真子再也抵受不住，哇的一聲，吐出了一口鮮血。……玉真子大駭，再也顧不得身上一絲不掛，拔足便奔。袁承志和胡桂南隨後追去。這道人武功也當真了得，身上連中三招，受傷極重，居然還是奔行如飛，輕功之佳，實是當世罕有。袁承志急步追趕，眼見他竄入了那座牛皮大帳，當即追進。剛奔到帳口，只見帳內燭火照耀如同白晝，帳內站滿了人，當即止步，閃向一旁，只聽得帳內眾人齊聲驚呼。這時胡桂南也已趕到，一扯袁承志手臂，繞到帳後。兩人伏低身子，掀開帳腳，向內瞧去。只見玉真子仰面朝天，摔在地下，全身一絲不掛，瞧不出他一個大男人，全身肌膚居然雪白粉嫩，胸口卻滿是鮮血，這模樣既可怪之極，又可笑無比。

在第十三回和十四回中，袁承志和玉真子二人有過兩次交戰，一次在滿清朝廷的崇政殿，一次在玉真子留宿處。二人均在對方處於弱勢之時而各勝一場，首次出場的玉真子在第二次交戰時以被承志打成重傷而暫告一段落。可以說，雙方首次見面交戰未分勝負，為最後二人的華山決戰做好鋪墊。

第二十回，由於玉真子與袁承志交過手，當袁承志在華山再次見到玉真子時，修訂版加入：袁承志一見此人，正是去年秋天在盛京兩度交手的玉真子，第一次自己給他點中了三指，第二次自己打了他一拳一掌，踢了他一腳，但兩次較量均是情景特異，不能說分了勝敗。

修訂版後又加入：

玉真子定神一瞧，見對方正是去年在盛京將自己打得重傷的袁承志，那日害得自己一絲不掛、仰天翻倒在皇太極與數百名布庫武士之前，出醜之甚，無逾於此，當晚皇太極「無疾而終」，九王爺竟說是自己怪模怪樣，氣死了皇上，還要拿他治罪，當時重傷之下無力抵抗，只得設法逃走，這時仇人相見，不由得怒氣不可抑制，大叫：「袁承志，我今日正來找你，快過來納命。」袁承志笑道：「你此刻倒已穿上了衣衫，咱們好好的來打一架。」

由於修訂版裏，二人已經有過兩次交手，各有勝負，所以增加的一段回應了前文二人在盛京初次交手的情節。

二人交手時，玉真子持劍刺入承志左肩但被彈了出來，修訂版加入：玉真子當年跟木桑動手，也曾忽使怪招，一劍刺中了師兄，卻被刀劍不入的金絲背心反彈出來，以致反為所制。木桑瞧在同門情誼，這才饒了他。此刻舊事重演，玉真子急怒交進，情知又是木桑搗鬼。增加的內容補充說明了金絲背心在木桑被玉真子刺中時起到了保護作用，同時也反映了木桑和玉真子二人同門情誼，解釋了木桑不忍心處置師弟的理由。

本回最後，修訂版補敘了玉真子與木桑的恩怨：

木桑在南京與袁承志相見之時，已聽得訊息，說玉真子已在西藏找到了鐵劍，知道此事為禍不少，決意趕去，設法暗中奪將過來。哪知他西行不久，便在黃山遇上一個圍棋好手，一弈之下，木桑全軍盡沒。他越輸越是不服，纏上了連奕數月，那高棋之人無可奈何，只得假意輸了兩局，木桑才放他脫身。這麼一來，便將這件大事給耽擱了。

修訂版補充的這段情節同時也解釋了木桑當年告訴袁承志尋找寶劍，為何動身很早但卻沒有成事的原因，緊扣前文情節，文筆一絲不漏。

三、有關滿清皇太極史實的補充

明政府和滿清是明末的兩大政治勢力，明將領袁崇煥由於皇太極的反間計而遭崇禎迫害，其子袁承志長大後對滿清不可能無動於衷，而連載版對滿清的政治背景全無交代，顯然不合情理。

《碧血劍》修訂版對滿清皇太極的史實進行了大量補充，有關皇太極的情節主要補充在第十三、十四兩回中。在連載版裏，袁承志與葡萄牙軍官彼得分手後直接去北京城找崇禎報仇，而修訂版則是先去盛京刺殺皇太極。由於修訂版加入袁承志率領眾人擊敗清軍，但沒有殺了清兵主帥阿巴泰，為了替父報仇，袁承志自然會想到去盛京刺殺滿清皇帝，因此補充增加的這段情節合乎情理。加入這部分情節主要敘述了滿清皇太極的史迹，從而在連載版的明崇禎和李自成義軍兩方政治勢力的基礎上，又加上滿清這個第三方政治勢力，增添了全書的歷史厚重感。

皇太極出場，修訂版是這樣描寫的：只見龍座上一人方面大耳，雙目炯炯有神，約莫五十來歲年紀，那便是父親當年的大敵皇太極了。

之後，修訂版從袁承志的視角，敘述了皇太極在宮殿與眾臣談論政事，他重用有功之臣，給百姓減免賦稅，表現了皇太極政治英明、運籌帷幄的一面：

只聽皇太極道：「南朝軍情這幾天怎樣？今日接到阿巴泰的急報，說在山東青州、泰安之間中伏，打了個大敗仗，難道明軍居然還這麼能打？你們可知青州、泰安這一帶的統兵官是誰？」袁承志心想：「原來他們正在說我們打的這場勝仗，倒要聽聽他們說些甚麼？」

寧完我道：「啟稟皇上，臣已詳細查過。明軍帶兵的總兵姓水，名叫水鑒，武藝甚是了得。」皇太極「哦」了一聲，道：「你們去仔細查明，能不能設法要他降我大清，瞧他是貪財呢，還是愛美色。倘若他倔強不服，便叫曹化淳在明朝皇帝跟前說他的壞話，罷他的官，殺他的頭。但首先要設法令這人為我大清所用。此人能打敗阿巴泰，那是人才，咱們決不能輕易放過了。」三名官員齊聲道：「皇上聖明英斷，那水鑒若肯降順，是他的福氣。」

……問道：「洪承疇近來怎樣？」袁承志知道洪承疇本是明朝的薊遼總督，崇禎皇帝委以兵馬大權，兵敗被擒，降了滿清。洪承疇失陷之初，崇禎還道他已殉國，曾親自隆重祭祀。後來得知降清，天下都笑崇禎無知人之明。范文程道：「啟奏皇上，洪承疇已將南朝的實情甚麼都說了。他說崇禎剛愎自用，舉措失當，信用奸佞，殺害忠良，四方流寇大起。我大清大軍正可乘機進關，解民倒懸。」皇太極搖頭道：「崇禎的性子，他說得一點兒也不錯。但我兵進關卻還不是時候。總須讓明兵再跟流寇打下去，雙方精疲力盡，兩敗俱傷，大清便可收那漁翁之利，一舉而得天下。你們漢人叫做卞莊刺虎之計，是不是？」三臣齊道：「是，是，皇上聖明。」袁承志暗暗心驚：「這韃子皇帝當真厲害，崇禎和他相比可是天差地遠了。我非殺他不可，此人不除，我大漢江山不穩。就算闖王得了天下，只怕……只怕……」隱隱覺得闖王的才具與此人相較，似乎也頗有不及，只不知心中何以會生出這樣的念頭來。又想：「這皇帝的漢語可也說得流利得很。他還讀過中國書，居然知道卞莊刺虎的典故。」

只聽皇太極道：「那洪承疇還說些甚麼？」范文程道：「洪承疇向臣露了幾次口風，盼望皇上恩典，賞他個差使，他得以為皇上效犬馬之勞，仰報天恩。」皇太極哈哈大笑，道：「這差使嗎？慢慢再說。」鮑承先道：「皇上，臣愚魯之極，心中有一事不明白，盼望皇上指明。」皇太極點點頭。鮑承先道：「洪承疇先前不肯歸順，皇上大賜恩寵，親自解下身上的貂裘，披在他身上，又連日大張筵席請他，連我大清的開國功臣也從來沒這般殊榮。眾臣工都不明白。皇上開導說：『咱們這些年來辛辛苦苦、連年征戰，為的是甚麼？』眾臣工啟奏道：『為的是打南朝江山。』皇上諭道：『是啊，可是咱們不明南朝內情，好比都是瞎子，洪承疇一歸順，咱們都睜開了眼啦，那還不喜歡麼？』眾臣工都拜服皇上聖明。這些日子來，那洪承疇於南朝各地的城守職官、民情風俗，果然說得詳詳細細，盡在皇上算中。但皇上卻不賞他官職封爵，眾臣工可都又不明白了。」皇太極微微一笑，說道：「老鮑性子直爽，想問甚麼，倒也直言無忌。你們三個，雖然都是漢人，但早就跟先皇和朕辦事，忠心耿耿，洪承疇怎能跟你們相比？」范文程等三人忙爬下磕頭，咚咚有聲，顯是心中感激之極。袁承志暗罵：「無恥，無恥。」只聽皇太極道：「洪承疇這人，本事是有的，可是骨氣就說不上了。先前我已待他太好，若再賜他高官厚祿，這人還肯出力辦事嗎？哼，崇禎封他的官難道還不夠大，那時他做的是甚麼官？」鮑承先道：「啟奏皇上：那時他在南朝官封太子太保、兵部尚書、總督薊遼軍務，麾下統率八名總兵官，實是官大權大。」皇太極道：「照啊。我封他的官再大，也大不過崇禎封他的。要他盡心竭力辦事，便不能給他官做。」三臣齊聲道：「皇上聖明。」袁承志越想越有道理，覺得他這駕馭人才的法門實是高明之極，此刻聽到這番話，宛似當年在華山絕頂初見《金蛇秘笈》，其中所述法門無不匪夷所思，雖然絕非正道，卻令人不由得不服。他呆了一陣，卻聽得皇太極在和范文程等商議，日後取得明朝天下之後如何治理，此時如何先為之備，倒似大明的江山已是他掌中之物一般。袁承志心下憤怒，輕輕又揭開了兩張琉璃瓦，看準了殿中落腳之處，卻聽得皇太極道：「南朝所以流寇四起，說來說去，也只一個道理，就是老百姓沒飯吃。咱們得了南朝江山，第一件大事，就是要讓天下百姓人人有飯吃……」袁承志心下一凜：「這話對極！」范文程等頌揚了幾句。皇太極道：「要老百姓有飯吃，你們說有甚麼法子？范先生，你先說說看。」他似對范文程頗為客氣，稱他「先生」，不像對鮑承先那樣呼之為「老鮑」。范文程道：「皇上未得江山，先就念念不忘於百姓，這番心意，必得上天眷顧。以臣愚見，要天下百姓都有飯吃，第一須得輕傜薄賦，決不可如崇禎那樣，不斷的加餉搜刮。」皇太極連連點頭，說道：「咱們進關之後，須得定下規矩，世世代代，不得加賦，只要庫中有餘，就得下旨免百姓錢糧。」范文程道：「皇上如此存心，實是萬民之福，臣得以投效明主，為皇上粉身碎骨，也所……也所甘願。」說到後來，語音竟然嗚咽了。

袁承志心想：「這個大漢奸，倒似確有愛民之心，不知是做戲呢，還是真心。」皇太極道：「很好，很好。你們漢人罵你們是漢奸，日後你們好好為朕辦事，也就是為天下百姓辦事，總得狠狠的掙一口氣，讓千千萬萬百姓瞧瞧，到底是你們這些人為漢人做了好事呢，還是崇禎手下那些只知升官發財、搜刮百姓的真漢奸做了好事。老寧，你有甚麼條陳？」寧完我道：「啟奏皇上：我大清的滿洲人少，漢人眾多。皇上得了天下之後，以臣愚見，須得視天下滿人漢人俱是皇上子民，不可像元朝蒙古人那樣，強分天下百姓為四等。只消我大清對眾百姓一視同仁，漢人之中縱有倔強之徒，也成不了大事。」皇太極點頭道：「此言有理。元人弓馬，天下無敵，可是他們在中國的江山卻坐不穩，就是為了虐待漢人。這是前車甚麼的？」鮑承先道：「前車覆轍。」鮑承先道：「皇上日理萬機，這些漢人書中的典故，也不必太放在心上。」皇太極微笑道：「對了，老鮑，我讀漢人的書，始終不易有甚麼長進。」皇太極嘆道：「漢人的學問，不少是很好的。只不過作主子的，當學書裏頭的本事策略，不必學漢人的秀才進士那樣，學甚麼吟詩作對……」

袁承志聽了這些話，只覺句句入耳動心，渾忘了此來是要刺死此人，內心隱隱似盼多聽一會，但聽他四人商議如何整飭軍紀、清兵入關之後，決計不可殘殺百姓，務須嚴禁劫掠。隨後的情節，袁承志被國師玉真子擒拿，後被父親舊部放了，在找玉真子報仇期間，修訂版運用了野史傳聞，敘述了皇太極在行宮暴斃的情節：

皇太極坐到床上，正要躺下休息，突然坐起，臉上滿是懷疑之色，在房中東張西望，驀地見到床邊一對放得歪歪斜斜的男人鞋子，厲聲喝問。那女子花容慘白，掩面哭了起來。皇太極一把抓住她胸口，舉手欲打，那女子雙膝一曲，跪倒在地。皇太極放開了她，俯身到床底下去看。袁承志大奇，心想：「瞧這模樣，定是皇后娘娘乘皇帝去瞧比武之時，和在此幽會，想不到護國真人突然演出這麼一出好戲，皇帝提前回來，以致瞧出了破綻。難道皇后娘娘也偷人，未免太不成話了吧？她情人若是尚在房中，這回可逃不走了。」便在此時，皇太極身後的櫥門突然打開，櫥中躍出一人，刀光閃耀，一柄短刀向皇太極後心插去。那女子「啊」的一聲驚呼，燭光晃動了幾下，便即熄滅。過了好一會，燭火重又點燃，只見皇太極俯身倒在地下，更不動彈，背心上鮮血染紅了黃袍。

總之，修訂版大量補充了關於皇太極滿清政治勢力的情節，既交代了歷史背景，又豐富了故事內涵。文中對皇太極的描寫比較細緻，與歷史上真實的皇太極基本吻合。皇太極對袁崇煥之死頗為惋惜，對明朝流寇四起的原因分析透徹，體現了一代明主運籌帷幄、決勝千里，同時也引出了寧完我、洪承疇、范文程、祖大壽等諸多歷史人物，而將皇太極之死的野史放入情節發展過程中，更增故事的傳奇性。

四、有關袁崇煥及舊部情節的修訂

金庸在《後記》裏說：「《碧血劍》的真正主角其實是袁崇煥，其次是金蛇郎君，兩個在書中沒有正式出場的人物。袁承志的性格並不鮮明。不過袁崇煥也沒有寫好，所以在一九七五年五六月間又寫了一篇《袁崇煥評傳》作為補充。」可見，明末著名將領袁崇煥在全書佔據重要地位，其悲慘結局是兒子袁承志成長後經歷人生磨難的重要原因。但由於袁崇煥在書中沒有正式出過場，連載版對袁崇煥及其舊部的一些事迹也交代不多，因此作者在修訂時以各種方式大量補充了有關袁崇煥及其舊部的情節，進一步刻畫完善袁崇煥的形象。

第一回，孫仲壽讓張朝唐刪削祭文，修訂版加入：也好教世人知道，袁督師蒙冤遭難，普天共憤，中外同悲，並非只是我們舊部的一片私心。

第一回最後加入孫仲壽哥哥孫祖壽的事迹，並引用了《明史》兩個故事：

孫祖壽是抗清大將，在邊關多立功勛，於清兵入侵時隨袁崇煥捍衛京師。袁崇煥下獄後，孫祖壽憤而出戰，在北京永定門外和大將滿桂同時戰死，名揚天下。孫仲壽文武全才，向為兄長的左右手，在此役中力戰得脫，憤恨崇禎冤殺忠臣，和袁崇煥的舊部散在江湖，撫育幼主，密謀復仇。他精明多智，隱為袁黨的首領。

孫祖壽慷慨重義，忠勇廉潔，《明史》上記載了兩個故事：孫祖壽鎮守固關抗清時，出戰受傷，瀕於不起。他妻子張氏割下手臂上的肉，煮了湯給他喝，同時絕食七日七夜，祈禱上天，願以身代。後來孫祖壽痊愈而張氏卻死了。孫祖壽感念妻恩，終身不近婦人。他身為大將時，有一名部將路過他昌平故鄉，送了五百兩銀子到他家裏。在當時原是十分尋常之事，但他兒子堅決不受。後來他兒子來到軍中，他大為嘉奬，請兒子喝酒，說：「不受贈金，深得我心。倘苦你受了，這一次非軍法從事不可。」《明史》稱讚他「其秉義執節如此」。

孫仲壽為人處事頗有兄風，是以為眾所欽佩。

第二回，孫仲壽等都是身經百戰，雖然心驚，卻不慌亂，修訂版加入：均想：「可惜山上的弟兄都已散去了，否則當年在寧遠大戰，十幾萬韃子精兵，也給我們打得落荒而逃，又怎怕你們這些廣東官兵？」其時遼東兵精，甲於天下，袁崇煥的舊部向來不把南方官兵放在眼裏。

袁承志的項圈，連載版是袁崇煥部下第一得力大將軍祖大壽所贈，隨後敘述了祖大壽對袁崇煥的感激之情。修訂版改為由部下大將趙率教所贈，隨後敘述了趙率教、祖大壽等四大名將的事迹。

第三回，穆人清教袁承志劍術，修訂版加入：

穆人清又道：「崇禎皇帝殺了你爹爹，在他心中，只道你爹爹是壞人，他殺得一點兒也不錯，哪知卻大大的錯了。崇禎皇帝這些年來殺了不少大臣大將，有的固是壞人，好人可也給他殺了不少。他不明是非，又無絲毫寬厚之心，他這麼亂殺一通，這大明江山，難免斷送在他手裏。」袁承志黯然點頭，知道師父提出崇禎殺他父親的事來，是要他將「是非難辨、不可妄殺」的教訓深深記在心頭，再也不會忘記。

通過穆人清的話語回顧了袁崇煥被崇禎殺害的歷史。

第九回，袁承志寫字與洪勝海比試，連載版寫的是杜工部的《兵車行》，修訂版改為袁崇煥當年守遼之時賞給皇帝的奏章，補充敘述了在當時政治形勢下袁崇煥與崇禎的激烈矛盾，而袁承志雖然讀書不多，但背誦寫出父親的奏章也比較可信，同時也增加了歷史厚重感。修訂版原文這樣寫的：

焦宛兒接了過來，輕輕念誦了起來：「恢復之計，不外臣昔年『以遼人守遼土，以遼土養遼人』，『守為正著，戰為奇著，和為旁著』之說。法在漸不在驟，在實不在虛。此臣與諸邊臣所能為。至用人之人，與為人用之人，皆至尊司其鑰。何以任而勿貳，信而勿疑？蓋馭邊臣與廷臣異。軍中可驚可疑者殊多，但當論成敗之大局，不必摘一言一行之微瑕。事任既重，為怨實多。諸有利於封疆者，皆不利於此身者也。況圖敵之急，敵亦從而間之。是以為邊臣甚難。陛下愛臣知臣，臣何必過疑懼？但中有所危，不敢不告。」她於文中所指，不甚了了，見這一百多字書法甚是平平，結構章法，可說頗為拙劣，但一筆一劃，力透紙背，並無絲毫扭曲塗污，說道：「清清楚楚，一筆不苟，這是一篇甚麼文章？」袁承志嘆了口氣，道：「這是袁督師當年守遼之時，上給皇帝的奏章。」焦宛兒道：「袁相公文武全才，留心邊事，於這些奏章也爛熟於胸。」袁承志搖頭道：「我也只讀過這幾篇，那是我從小便背熟了的。」

原來袁崇煥當年守衛遼邊，抗禦滿洲入侵，深知崇禎性格多疑，易聽小人之言，因此上了這篇奏章。後來崇禎果然中了滿洲皇太極的反間之計，又信了奸臣的言語，將袁崇煥殺了。袁崇煥所疑懼的事情，皆不幸而一一料中。袁承志年幼時，應松教他習字，曾將他父親袁崇煥的諸篇奏章詳為講授。他除此之外，讀書無多，此刻要寫字，又想起滿洲圖謀日亟，邊將無人，隨手便寫了出來。

第十回，袁承志和青青二人找到寶藏後，修訂版加入一段，表現了二人對寶藏的不同觀點，袁承志自幼受父親影響，想到的是用寶藏保國為民，而青青雖逢財便取，但由於對承志鍾情已深，也順從承志的心願。

袁承志自幼即知父親盡瘁國事，廢寢忘食，非但不貪錢財，連家庭中的天倫之樂、朋友間的交游之娛，也難以得享。當年應松教他，曾教過袁崇煥自敘心境的一篇文章，其中說道：「予何人哉？十年以來，父母不得以為子，妻孥不得以為夫，手足不得以為兄弟，交游不得以為朋友。予何人哉？直謂之曰『大明國裏一亡命之徒』可也。」當時年幼，還不能完全體會父親盡心竭力、守土禦敵的精忠果毅，成長後每想到「大明國裏一亡命之徒」那句話，不由得熱血沸騰，早就立志以父為榜樣。袁崇煥為人題字，愛寫「心術不可得罪於天地，言行要留好樣與兒孫」兩句，袁承志所存父親遺物，也只有這一幅字而已。這時他見到無數金銀財寶，所想到的自然是如何學父親的言行好樣，如何將珍寶用於保國衛民。青青卻出身於大盜之家，向來見人逢財便取，管他有主無主，義與不義。何況這許多價值連城的珠寶，都是憑她父親遺圖而得，若不是她對袁承志鍾情已深，豈肯不據為己有？聽袁承志稱自己為「知己」，不由得感到一陣甜意，霎時間心頭浮起了兩句古詩：「易求無價寶，難得有情郎。」

第十一回，袁承志擊退官兵後，修訂版加入一段程青竹給袁承志看其兄寫的「漩聲記」，表達了其兄當年與袁崇煥的情誼，同時由孫仲壽給袁承志講述了其父袁崇煥含冤而死的遭遇，也使讀者瞭解了袁崇煥的事迹。

程青竹搖了搖頭，吩咐隨從在一隻布囊中取出一卷手稿，交給袁承志，說道：「公子看了這個，便知端的。」

袁承志接過，只見封面上寫著「漩聲記」三個大字，又有「程本直撰」四字，右上角題著一副對聯：「一對痴心人，兩條潑膽漢。」心中不解，問道：「這位程本直程先生，跟程幫主是……」程青竹道：「那是先兄。」

袁承志點點頭，翻開手稿，只見文中寫道：「崇煥十載邊臣，屢經戰守，獨提一旅，挺出嚴關……」袁承志心中一凜，問道：「書中說的是先父之事？」程青竹道：「正是。令尊督師大人，是先兄生平最佩服之人。」袁承志當下雙手捧住手稿，恭恭敬敬的讀下去：「……迄今山海而外，一裏之草萊，崇煥手辟之也；一堡之壘，一城之堞，崇煥手築之也。試問自有遼事以來，誰不望敵於數百里而逃？棄城於數十裏而遁？敢於敵人畫地而守，對壘而戰，反使此敵望而逃、棄而遁者，捨崇煥其誰與歸？」袁承志閱了這一段文字，眼眶不由得濕了，翻過一頁，又讀了下去：「客亦聞敵人自發難以來，亦有攻而不下，戰而不克者否？曰：未也。客亦知乎有寧遠丙寅之圍，而後知所以守？有錦州丁卯之功，而後中國知所以戰否也？曰：然也！」袁承志再看下去，下面寫道：「今日灤之復、遵之復也，誰兵也？遼兵也。誰馬也？遼馬也。自崇煥未蒞遼以前，遼亦有是兵、有是馬否也？」

袁承志隨手又翻了一頁，讀道：「舉世皆巧人，而袁公一大痴漢也。唯其痴，故舉世最愛者錢，袁公不知愛也。唯其痴，故舉世最惜者死，袁公不知怕也。於是乎舉世所不敢任之勞怨，袁公直任之而弗辭也；於是乎舉世所不得不避之嫌疑，袁公直不避之而獨行也；而且舉世所不能耐之饑寒，袁公直耐之以為士卒先也；而且舉世所不肯破之禮貌，袁公力破之以與諸將吏推心而置腹也。」袁承志讀到此處，再也忍耐不住，淚水涔涔而下，滴上紙頁，淚眼模糊之中，看到下面一行字道：「予則謂掀翻兩直隸、踏遍一十三省，求其渾身擔荷、徹裏承當如袁公者，正恐不可再得也。此所以惟袁公值得程本直一死也。」袁承志掩了手稿，流淚道：「令兄真是先父的，如此稱譽，在下實在感激不盡。」

程青竹嘆道：「先兄與令尊本來素不相識。他是個布衣百姓，曾三次求見，都因令尊事忙，未曾見著。先兄心終不死，便投入督師部下，出力辦事，終於得蒙督師見重，收為門生。令尊蒙冤下獄，又遭凌遲毒刑。先兄向朝廷上書，為令尊鳴冤，只因言辭切直，昏君大為惱怒，竟把先兄也處死了。」袁承志「啊喲」一聲，怒道：「這昏君！」

程青竹道：「先兄遺言道，為袁公而死，死也不枉，只願日後能葬於袁公墓旁，碑上題字『一對痴心人，兩條潑膽漢』，那麼他死也瞑目了。」袁承志道：「卻不知這事可辦了麼？」程青竹長長嘆了口氣，說道：「令尊身遭奇冤，昏君奸臣都說他通敵，勾結滿清，一般無知百姓卻也不辨忠奸是非，信了這話。令尊被綁上法場後，愚民一擁而上，將他身子咬得粉碎，說道……說道要吃盡賣國奸賊的血肉……」袁承志聽到這裏，不由得放聲大哭，問孫仲壽道：「孫叔叔，這……這是真的麼？」孫仲壽垂淚點頭，道：「真是如此。當年你年紀幼小，我們不跟你說，免你傷心。」袁承志怒道：「昏君奸臣為非作歹，那也罷了，北京城的老百姓，卻也如此可惡！」孫仲壽道：「老百姓不明真相，只道皇帝的聖旨，是再也不會錯的。清兵在北京城外燒殺擄掠，害死的人成千成萬，因此百姓對勾結敵兵的漢奸痛恨入骨。」程青竹道：「在下不忿兄長被害，設法投身皇宮，當了個侍衛，想俟機行刺昏君，為先兄和袁督師報仇。只恨武藝低微，行刺不成，反為御前侍衛所擒，幸得有人相救，逃出皇宮。這些年來在黑道上幹些沒本錢買賣，沒料到有眼無珠，竟看上了公子的財物。」

眾人提及袁督師時，修訂版再次加入一段袁崇煥事迹。

袁崇煥抗敵禦侮，有大功於國，當時只有北京城中之人才以為他當真通敵，實因強敵兵臨城下，君臣百姓盡皆張皇失措，以致不明是非。但袁崇煥慘遭殺害，各地聞知，卻極是憤慨。群雄聽了這話，嘆聲四起，本來無可無不可的人也一致贊成。袁承志極力推辭，卻哪裏推辭得掉？加之投降過來的水總兵、由袁承志從囚車上救出來的聶天風、梁銀龍等人也極力附和，盟主一席勢成定局。

第十四回，修訂版增加皇太極一些情節的同時，借皇太極在崇政殿談論朝政及同袁承志之間的對話，回顧了有關袁崇煥被崇禎皇帝害死的歷史事迹。

皇太極嘆了口氣，說道：「咱們當年使反間計殺了袁崇煥，朕事後想來，常覺可惜……」袁承志聽他提到自己父親的名字，耳中登時嗡的一聲，全身發熱，心道：「他們使反間計，使反間計！我爹爹果然是他害的。」只聽皇太極續道：「倘若袁崇煥能為朕用，南朝的江山這時候多半早已是大清的了。」袁承志暗暗呸的一聲，心中罵道：「狗韃子打的好如意算盤！我爹爹忠肝義膽，豈能降你？」

皇太極又道：「只是袁崇煥為人愚忠，不識大勢，諒來也是不肯降的。」

……皇太極回入龍椅坐下，笑吟吟的道：「喂，你這年輕人武功強得很哪，你叫甚麼名字？」袁承志昂然道：「我行刺不成，快把我殺了，多問些甚麼？」皇太極道：「是誰指使你來刺我？」袁承志心想：「我便照實而言，也好讓韃子知道袁督師有子。」大聲道：「我是前薊遼督師袁公的兒子，名叫袁承志。你韃子侵犯我大明江山，我千萬漢人，恨不得食你之肉。我今日來行刺，是為我爹爹報仇，為我成千成萬死在你手下的漢人報仇。」皇太極一凜，道：「你是袁崇煥的兒子？」袁承志道：「正是。我名叫袁承志，便是要繼承我爹爹遺志，抗禦你韃子入侵。」眾侍衛連聲呼喝：「跪下！」袁承志全不理睬。皇太極揮手命眾侍衛不必再喝，溫言道：「袁崇煥原來有後，那好得很啊。你還有兄弟沒有？」袁承志一怔，心想：「他問這個幹麼？」說道：「沒有！」皇太極問道：「你受了傷沒有？」袁承志叫道：「快將我殺了，不用你假惺惺。」

皇太極嘆道：「你爹爹袁公，我是很佩服的。可惜崇禎皇帝不明是非，殺害了忠良。當年你爹爹跟我曾有和議，明清兩國罷兵休民，永為世好。只可惜和議不成，崇禎反而說這是你爹爹的大罪，我聽到後很是痛心。崇禎殺你爹爹，你可知是哪兩條罪名？」袁承志默然。

他早知崇禎殺他爹爹，有兩條罪名，一是與清酋議和，勾結外敵，二是擅殺皮島總兵毛文龍。孫仲壽、應松等說得明白，當日袁督師和皇太極議和，只是一時權宜之計，清兵勢大，明兵力所不敵，只有練成了精兵之後，方有破敵的把握，議和是為了練兵與完繕城守。至於毛文龍貪贓跋扈，劫掠百姓，不殺他無以整肅軍紀。

皇太極道：「你爹爹是崇禎害死的，我卻是你爹爹的朋友。你怎地不分好歹，不去殺崇禎，卻來向我行刺？」袁承志道：「我爹爹是你敵人，怎會是你朋友？你使下反間計，騙信崇禎，害死我爹爹。崇禎要殺，你也要殺。」皇太極搖搖頭，道：「你年輕不懂事，甚麼也不明白。」轉頭向范文程道：「范先生，你開導開導他。」袁承志大聲道：「你想要我學洪承疇麼？哼，袁督師的兒子，會投降滿清嗎？」

五、有關李自成義軍情節的修訂

李自成農民起義是全書依托的一個重要政治歷史背景，但連載版由於更注重寫江湖，對李自成義軍的相關情節交代不多，尤其是起義軍進入北京城後的所做作為表述過少，而本書主角袁承志是明末將領袁崇煥的兒子，其成長經歷必然受當時政治社會形勢的影響，因此修訂版在連載版的基礎上對有關李自成義軍的行為、李自成及下屬李岩等人從故事情節上進行了豐富完善，尤其在第十九回中，對起義軍進北京城後的所作所為進行了大篇幅的細緻增寫。通過有關李自成義軍情節的修訂，表現了當時明末動蕩的社會形勢。

第二回，劉芳亮與孫仲壽及袁黨密談時，劉芳亮表示李自成希望攜手反明，袁黨躊躇不決。

修訂版加入：

> 眾人雖然憎恨崇禎皇帝，決意暗中行刺，殺官誅奸之事也已作了不少，但人人本來都是大明命官，要他們造反，卻是不願，只求刺死崇禎後，另立宗室明君。何況李自成總是「流寇」，雖然名頭極大，但打家劫舍，流竄擄掠，幹的是強盜勾當，大家心中一直也不大瞧得起。袁黨眾人離軍之後，為了生計，有時也難免做幾樁沒本錢買賣，卻從來不公然自居盜

賊。雙方身分不同，議論良久難決。

袁黨都曾為朝廷官員，不可能痛快的與李自成起義軍合作，加入的這段補充解釋了由於李自成是流寇而袁黨對携手反明躊躇不決難以達成協議的原因。

孫仲壽說事已給曹太監知道，如不合盟怕截殺。修訂版加入：

「咱們勢孤力弱，難免一一遭了毒手。劉兄，咱們這樣說定成不成？我們山宗幫李將軍打官兵，李將軍事成之後，須得竭力滅了滿洲韃子。咱們話又說明在先，日後李將軍要做皇帝，我們山宗朋友卻不贊成，須得由太祖皇帝的子孫姓朱的來做。」劉芳亮道：「李將軍只是給官府逼不過，這才造反，自己是決計不做皇帝的，這件事拍胸擔保。人家叫我們流寇，其實我們只是種田的莊稼漢，只求有口飯吃，頭上這顆腦袋保得牢，也就是了。我們東奔西逃，那是無可奈何。憑我們這樣的料子，也做不來皇帝大官。至於打建州韃子嘛，李將軍的心意跟各位一模一樣，平時說起，李將軍對韃子實是恨到骨頭裏去。」孫仲壽道：「那是再好也沒有了。」袁黨眾人更無異言，於是結盟之議便成定局。

補敘了雙方在結盟上存在分歧，最後以李自成不做皇帝、朱姓子孫做皇帝而達成一致。

第三回，袁承志二十歲時，連載版說：他經過華山派掌門人、拳劍天下獨步的穆人清十多年調教，武功自是桌絕非凡，加之又從木桑道人那裏學到了絕頂的輕身功夫與打圍棋子本領。

修訂版改為：

這十年之間，袁承志所練華山本門的拳劍內功，與日俱深，天下事卻已千變萬化，眼下更是如沸如羹，百姓正遭逢無窮無盡的劫難。這些時日中，連年水災、旱災、蝗災相繼不斷，百姓饑寒交迫，流離遍道，甚至以人為食。朝廷卻反而加緊搜括，增收田賦、加派遼餉、練餉，名目不一而足，秦晉豫楚各地，群雄蜂起。崇禎八年正月，造反民軍十三家七十二營大會河南滎陽，李自成聲勢大振，次年即稱「闖王」，攻城掠地，連敗官軍。其間穆人清仍時時下山，回山後也和袁承志說起民生疾苦，勉他藝成之後，務當盡一己之力，扶難解困，又說所以要勤練武功，主旨正是在此。袁承志每次均肅然奉命。

修訂版詳細描述了當時的歷史背景，交代了明朝廷和李自成兩派政治勢力的事迹，豐富了全書的歷史厚重感。

第七回，黃真見溫方達發米，修訂版加入一段唱李岩作的歌謠：

黃真說道：「溫老爺子，你發米濟貧，乃是為子孫積德。有個新編的好歌，在下唱給你聽聽。」放開嗓子，唱了起來：「年來蝗旱苦頻仍，嚼嚙禾苗歲不登，米價升騰增數倍，黎民處處不聊生。草根木葉權充腹，兒女呱呱相向哭；釜甑塵飛爨絕烟，數日難求一餐粥。官府征糧縱虎差，豪家索債如狼豺。可憐殘喘存呼吸，魂魄先歸泉壤埋。骷髏遍地積如山，業重難過饑餓關。能不教人數行淚，淚灑還成點血班？奉勸富家同賑濟，太倉一粒恩無既。枯骨重教得再生，好生一念感天地。天地無私佑善人，善人德厚福長臻。助貧救生功勛大，德厚流光裕子孫。」他嗓子雖然不佳，但歌詞感人，聞者盡皆動容。袁承志道：「師哥，你這首歌兒作得很好啊。」黃真道：「我哪有這麼大的才學？這是闖王手下大將李岩李公子作的歌兒。」袁承志點頭道：「原來又是李公子的大作。他念念不忘黎民疾苦，那才是真英雄、大豪傑。」

一方面通過加入李岩創作的歌謠，側面塑造了李岩不忘黎民百姓疾苦的英雄形象，另一方面表現了當時闖軍在百姓中的良好威望，為同後來進京所作所為形成鮮明對比。

第十三回，李岩約見的三個人，連載版說：一個姓黎，一個姓范，一個姓侯，都是河北群豪，曾在孟伯飛家中見過。修訂版改為：一個劉芳亮，一個田見秀，均是闖王下屬，另一個姓侯，在壽山大會上見過。改為歷史真實人物。

第十八回，何鐵手給齊雲璈拔剩最後一刀，修訂版加入：

這數日中，闖軍捷報猶如流水價報來：明軍總兵姜瑋投降，闖軍克大同；總兵王承胤、監軍太監杜勛投降，闖軍克宣府；總兵唐通、監軍太監杜之秩投降，闖軍克居庸。那大同、宣府、居庸，都是京師外圍要塞，向來駐有重兵防守。每一名總兵均統帶精兵數萬。崇禎不信武將，每軍都派有親信太監監軍，權力在總兵之上。但闖軍一到，監軍太監和總兵官一齊投降。重鎮要地，闖軍都是不費一兵一卒而下。數日之間，明軍土崩瓦解，城中亂成一片。這一日訊息傳來，闖軍已克昌平，北京城外京營三大營一齊潰散，眼見闖軍已可唾手而取北京。

補充交代了當時闖軍所到之處捷報頻傳的政治形勢。

第十九回，李自成將馬送給袁承志，修訂版加入：

李自成走上城頭，眼望城外，但見成千成萬部將士卒正從各處城門入城，當此之時，不由得志得意滿。闖軍見到大王，四下裏歡聲雷動。李自成從箭袋裏取出三支箭來，扳下了箭簇，彎弓搭箭，將三箭射下城去，大聲說道：「眾將官兵士聽著，入城之後，有人妄自殺傷百姓、奸淫擄掠的，一概斬首，決不寬容！」城下十餘萬兵將齊聲大呼：「遵奉大王號令！大王萬歲、萬歲、萬萬歲！」袁承志仰望李自成神威凜凜的模樣，心下欽佩之極，忍不住也高聲大叫：「大王萬歲、萬歲、萬萬歲！」

增加的內容著重表現尚未入城的闖軍紀律嚴明，為與進城後闖軍的濫殺無辜、胡作非為形成鮮明對照。

太子昂首走出，李自成對袁承志道：「這小子倒倔強。」修訂版加入：

丞相牛金星道：「主上大事已定。明朝人心盡失，但死灰復燃，卻也不可不防。這孩子十分倔強，決計不肯歸順聖朝，只怕有人會借用他的名頭作亂。不如除了，以免後患。」李自成躊躇道：「這也說得是。這件事你去辦了吧。」

李自成試圖將長平公主賞賜給袁承志，被袁承志拒絕。連載版主要講，李岩告訴李自成劉宗敏抓關戶嚴刑勒贖，宋獻策幫劉宗敏圓場，李岩憤然力爭，二人吵得很厲害。袁承志感到不便介在中間，退出宮去，見到潰敗的明軍搶東西。

正在這時，李岩從外面匆匆進來，叫道：「大王，劉將軍他們鬧得太不成話啦！」自成道：「怎麼？」李岩道：「他們抓了大批官吏富戶，嚴刑勒贖，聽說已殺了不少人啦。」宋獻策笑道：「他們出生入死，拚了性命打下江山，弄點錢花花，那也沒什麼不該吧。」李岩怒道：「不，現在江南未定，山海關吳三桂未降，人心正亂，帶兵的人只想發財，那怎麼得了？」宋獻策淡淡笑道：「發財有什麼要緊？只怕自己收攬人心，對大王不利，那就不好了。」自成臉上筋肉微微一動，不由自主的向李岩斜睨了一眼，李岩憤然道：「咱們得成大事，不是靠了人心所向，老百姓的擁戴麼？」

……隨見數十名明軍急奔出來。承志心想：「明軍早已潰敗，怎麼還有許多人在這裏？」當下加快腳步，走到門口，只見何惕守揮鈎亂殺，把十多名困在屋裏逃不出來的明軍打得東奔西竄。她見師父到來，微微一笑，閃在一旁，那些明軍斗見有路可逃，蜂擁而出，你推我擠，連奔帶跌，片刻之間，走得沒一個踪影。何惕守笑道：「這些敗兵見咱們房子高大，想來搶東西！」承志笑道：「幸虧我回來得早，否則這幾個人還有苦頭吃。」

修訂版則用大量篇幅詳細敘述了闖軍進入北京城後的種種惡行。李自成封袁承志為三品果毅將軍後，袁承志回正條子胡同，看到闖軍搶東西。闖軍要抓走何惕守和袁承志，軍官誤將何惕守當成阿九。袁承志等人隨後反抗，押了兩名軍官見李自成。在軍中，袁承志與劉宗敏爭執起來。闖軍帶陳圓圓進宮，軍官皆被其美貌迷惑，李自成隨後佔有了陳圓圓。李岩向李自成說明吳三桂的重要性，勸其放了陳圓圓，但李自成並未放在心上。袁承志和李岩出殿後，一路看到滿城闖軍大肆掠奪的慘狀。宋獻策到李岩軍中講了「十八孩兒主神器」一事，李岩知道自己已經被闖王懷疑。修訂版的詳細補敘，改寫了連載版裏搶東西是潰敗明軍的情節，而是描寫了闖軍進京後的惡行，敘述了李岩、劉宗敏、宋獻策等闖將的言行，重點突出了李岩心懷百姓的俠義心腸，也為最後自殺的結局奠定悲劇基礎。

第二十回，奉命追殺紅娘子，連載版是「奉宋軍師之命」，修訂版是「奉權將軍號令」。權將軍劉宗敏與李岩矛盾極深，因此發號令抓捕紅娘子也在情理之中。

李岩的結局兩個版本不同，連載版敘述袁承志、青青等人去救李岩，但終究遲了一步，李岩已被闖王所殺，眾人將其屍骨埋了：且說承志和紅娘子、青青、何惕守等趕去相救李岩，但遲了一步，李岩已被闖王所殺。承志大哭了一場，找到李岩的屍骨葬了。

修訂版的結尾部分比較長，增加了六大段內容，其中一部分主要敘述眾人為救李岩加緊趕路，在路上遇見闖軍對百姓行凶作惡，眾人救了百姓。眾人到西安後見到李岩，李岩被闖王懷疑謀反，與承志飲酒時自殺身亡，妻子紅娘子也自刎而亡。連載版對江湖人物和事件講述得多，對政治歷史背景交代得少些。李岩是闖軍著名將領，也是作者要塑造的重點人物。李岩形象的塑造是要反襯闖軍其他將領，修訂版較連載版對李岩的塑造要成功得多，從百姓唱李岩作的歌謠，到最後李岩自殺身亡，表現了李岩憂國憂民的高尚品格，與以李自成為首的闖軍其他將領形成鮮明對比。

六、有關金蛇郎君及金蛇劍情節的修訂

正如金庸所說，金蛇郎君也是《碧血劍》的重要人物之一。但由於金蛇郎君在全書從沒有正式出場過，所以該人物形象只能通過書中其他人物的回憶來塑造，同時連載版對於金蛇劍著墨不多，因此作者在修訂版中有意增加了一些關於金蛇郎君及金蛇劍、《金蛇秘笈》等綫索的故事情節。

第三回，袁承志見到石壁上十六個字後，修訂版加入：這十六字之旁，有個劍柄凸出在石壁之上，似是一把劍插入了石壁，直至劍柄。他好奇心起，握住劍柄向外一拔，卻是紋絲不動，竟似鑄在石裏一般。在連載版中提及金蛇劍的不多，修訂後這是首次提到金蛇劍。

張春九在袁承志住處偷盜時，連載版只有張春九一人說話，修訂版加入二人關於金蛇郎君生死的幾句對話，豐富了金蛇郎君的故事情節止衣，只道：「金蛇郎君早已死了，他……他的屍骨也是我葬的。」張春九大喜，又問一句：「金蛇郎君果然死了？」袁承志點點頭。張春九喝問：「他怎麼死的？」袁承志道：「我不知道，真的不知道。」

禿子被殺，臨死前，修訂版加入：「你當然連石梁派也叛了。可是要瞞過五位老爺子，只怕

沒這麼容易，我……瞧你有甚麼好下場……哈哈……」後來，瘦子又在禿子的屍身上重重踢了一腳。修訂版加入：說道：「你說我瞞不過那五個糟老頭子？你瞧我的！」為後文敘述石梁派溫氏五老與金蛇郎君的恩怨做鋪墊。

袁承志埋了二人屍骨及鐵盒後，修訂版加入：這二人所以綁住我與啞巴，不即一刀殺死，自是為了預備拷問金蛇郎君的下落。若非他們另有圖謀，這時葬在這坑中的，卻是我與啞巴的屍首了。再次提及金蛇郎君。

第四回，再次提及金蛇郎君和金蛇劍時，修訂版加入幾段，細緻地表現了袁承志得到金蛇劍時對金蛇郎君的感受。

> 那劍金光燦爛，握在手中甚是沉重，看來竟是黃金混和了其他五金所鑄，劍身上一道血痕，發出碧油油的暗光，極是詭異。觀看良久，心中隱生懼意，尋思金蛇郎君武功如此高強，當年手持此劍橫行江湖，劍刃不知已飲了多少人血。這一道碧綠的血痕，不知是何人身上的鮮血所化？是仁人義士，還是大奸大惡？又還是千百人的頸血所凝聚？

後又加入：

> 他又驚又喜，轉念又想：「金蛇郎君並未留言贈我此劍，我見此寶劍，便欲據為己有，

未免貪心，還是讓它在此伴著舊主吧。」提起劍來，奮力向石壁上插了下去。這一插使盡了全力，劍雖鋒銳，但劍身終究尚有尺許露在石外，未能及柄而止。劍刃微微搖晃，劍上碧綠的血痕映著火光，似一條活蛇不住扭動身子，拚命想鑽入石壁。再看石壁上那「重寶秘術，付與有緣，入我門來，遇禍莫怨」那十六個字，不由得怔怔的出了神，心想這位金蛇前輩不知相貌如何？不知生平做過多少驚世駭俗的奇事？到頭來又何以會死在這山洞之中？

他金蛇劍這麼一插，自知此時修為，比之這位怪俠尚頗有不及，對《金蛇秘笈》中所載的武功，更增嚮往，而不知不覺間，心中對這位怪俠又多了幾分親近之意。

袁承志讀《金蛇秘笈》，修訂版加入：一路讀將下去，不由得額頭冷汗涔涔而下，世上原來竟有這種種害人的毒法，當真是匪夷所思，相較之下，張春九和那禿子用悶藥迷人，可說是毫不足道了。

敘述袁承志燒毀秘笈的原因兩個版本不同，連載版：

屈指一算，師父下山已經二十八天，再過兩天便是自己下山之期。心想：「師父曾說金蛇郎君為人乖僻，看那廋子張春九的神情，他們處心積慮要得這本書。自己因為好奇所以讀了這本秘笈，其中所載武功果然十分精妙，如被壞人得去，那是如虎添翼，助紂為虐，我何不將它燒毀？」

修訂版改為：

忽想：「我混元功早已練成，為了這部金蛇秘笈，卻在山上多耽了兩個月功夫，只怕師父久等不至，為我擔心。師父曾說金蛇郎君為人怪僻，他的書觀之無益。我一時好奇心起，學了書上武功，師父說不定會大不高興。我又何必苦思焦慮，去探索這旁門功夫中的不解之處？」但他武學修為既到如此境界，見到高深的武功秘奧而竟不探索到底，實所難能，心想：「眼不見為淨，我一把火將它燒了便是。」

連載版的理由是袁承志讀過《金蛇秘笈》，怕被壞人得去而燒毀，但該書全是邪門武功和毒法，承志為人正直，不應當學練，因此修訂版改為未讀過《金蛇秘笈》，只是認為此書觀之無益而燒毀。

袁承志下山，連載版是帶了金蛇劍和大威、小威下山；修訂版沒有帶金蛇劍和兩隻猩猩，將金蛇劍留在了李岩的軍營中。

第五回，溫氏五老說袁承志是金蛇郎君派來的，連載版說：

原來袁承志空中抓刀的本領得自《金蛇秘笈》，當年金蛇郎君夏雪宜大戰石梁派時，溫明施用連環十二刀傷他，被他雙手抓去。袁承志事先也不知金蛇郎君與石梁派有什麼瓜葛，一直不敢露出「金蛇秘笈」中武功，這時突遭凶險，危急之中不及多想，順手就使出了秘笈中所傳的「千手觀音收萬害」的絕技。五老見他手法，與大仇人夏雪宜一模一樣，齊齊縱上，厲聲大喝。

修訂版為了保留懸念，刪除這段，而將金蛇郎君與溫氏五老的私人恩怨放在後文。

五老問金蛇郎君的下落，承志說金蛇郎君死在一個荒島上，修訂版加入：

說到這裏，童心忽起，說道：「貴派有一個瘦子，叫作張春九，還有一個禿頭，是不是？金蛇郎君的下落，他師兄弟倆知道得清清楚楚。只消叫他二人來一問，就什麼都明白了，用不著來問我。」溫氏五老面面相覷，透著十分詫異。溫方義道：「張春九和江禿頭？這兩個傢伙不知死到哪裏去了，他媽的，回來不剝他們的皮。」

修訂後由袁承志用張春九和禿頭二人搪塞，可以讓五老增加對金蛇郎君死亡的可信度。

第七回，金蛇郎君想方法對付「五行陣」，修訂版加入一段：

他自然也曾想到暗殺下毒，只須害死五老中的一人，五行陣便不成其為五行陣了。但他心高氣傲，自不屑行此無賴下策。何況他筋脈已斷，武功全失，縱使想出破陣之法，此陣也不能毀於自己親手。既說是破陣，就須堂堂正正，以真實本領將其攻破。

連載版此處有個小漏洞，金蛇郎君既然擁有《金蛇秘笈》裏的多種毒法，為什麼不用下毒方法對付五老，修訂版彌補了這個小漏洞，解釋了因為金蛇郎君要堂堂正正憑真實本領攻破「五行陣」。

袁承志與溫氏五老比武並帶動二陣，修訂版加入：

八卦陣法雖為五老後創，《金蛇秘笈》中未曾提及，但根本要旨，與五行陣全無二致。袁承志只看十六人轉得幾個圈子，已是了然於胸，心想：「敵人若是破不了五行陣，何必再加一個八卦陣？若是破了五行陣，八卦陣徒然自礙手腳。溫氏五老的天資見識，和金蛇郎君果然差得甚遠。看來這五行陣也是上代傳下來的，諒五老自己也創不出來。他們自行增添一個陣勢，反成累贅。金蛇郎君當年若知溫氏五老日後有此畫蛇添足之舉，許多苦心的籌謀反可省去了。」

袁承志鬥五老，修訂版加入：

溫儀瞧著袁承志在五老包圍中進退趨避，身形瀟灑，正是當年金蛇郎君在五行陣中的模樣，又看一會，只見自己朝思夜想的情郎，白衣飄飄，正在陣中酣戰，不由得心神激蕩，站起身來，叫道：「夏郎，夏郎，你……你終於來了。」邁步便向廳心走去。青青忙拉住她手臂，叫道：「媽，你別去。」溫儀眼睛一花，凝神看清楚陣中少年身形仿佛，面目卻非，登時身子一晃，倒在青青的懷中。

表達了溫儀與金蛇郎君的感情。

敘述夏雪宜的遺書時，修訂版加入：又見到那兩行小字：「此時縱聚天下珍寶，亦焉得以易半日聚首，重財寶而輕別離，愚之極矣，悔甚恨甚。」再次表達了二人至深的感情。

第九回，袁承志與閔子華比劍時，修訂版加入：袁承志心下盤算：「金蛇郎君狂傲怪誕，眾所周知，我冒充他的使者，也須得裝的驕傲狂放，怪模怪樣，方能使人入信。」

敘述「兩儀劍法」來歷時，修訂版加入：黃木道人自創的一路兩儀劍法，曾向金蛇郎君提及。《金蛇秘笈》「破敵篇」中敘述崆峒、仙都等門派的武功及破法，於兩儀劍法曾加譯論。袁承志料想其師既專精於此，閔子華於這路劍法也必擅長。

第十回，袁承志與啞巴再次相遇，修訂版加入：啞巴將金蛇劍從華山帶來，送給承志，承志認為劍是青青父親的遺物，暫且收著，日後還她。

第十二回，李岩與承志相見，連載版說：

兩人談了一會軍旅之事，李岩命從人從隨身行李中取出那柄頭上分叉，劍身彎曲的金蛇寶劍來，雙手捧著交給承志，道：「袁兄弟，自從咱們在山西一見，雖然沒有機緣長談，但我已知你已是少年英豪。你交托這柄寶劍給我，我從來未有片刻離身。當時我是杞憂，怕你武功未成，經驗不足，帶了這柄奇劍和兩隻猩猩招人耳目，那知你年紀輕輕，這半年來成了這許多大事。現在猩猩寶劍，都歸故主。哈哈。」承志接過收下。

由於修訂版第十回已經改為啞巴將金蛇劍從華山帶來給了袁承志，而不是連載版所說的放在李岩軍中，因此修訂版刪除這段李岩將寶劍和猩猩歸還承志的情節。

七、各回其他情節的修訂

第一回　危邦行蜀道　亂世壞長城

由於市鎮上的客店沒有人，主僕二人不得不到一家農舍借宿，連載版侯朝宗到了陝西地域，所以說，「想不到陝西吏治之壞，一至於此。」修訂版中，張朝唐時外邦人士，面對著是整個中土的人間慘像，因此刪除了這句話。

連載版敘述：侯朝宗祖父是明朝的太常，父親是司徒，都是大官，現在父親告老歸隱，想不到世局敗壞如此。聽說遠東滿洲人常常興兵入寇，官兵不去抵禦外侮，卻在這裏殘害小民。修訂版由於張朝唐是外邦人士，因此改為：心想：「爹爹常說，中華是文物禮儀之邦，王道教化，路不拾遺，夜不閉戶，人人講信修睦，仁義和愛。近日眼見，確實大不儘然，還不如渤泥國蠻夷之地。」

官兵闖入民宅說話，連載版：窮得十幾歲的大姑娘還穿不起褲子。修訂版改為：窮得米缸裏數來數去也得十幾粒米。

面對官差搶劫，連載版：侯康說：「咱們公子是司徒大人的公子。」老王嚇了一跳，侯康見他軟了，得意道：「快把馬還給我，回頭我們公子見了你們大老爺，叫他每人給你一百板子。」修訂版改為：張康說：「我們公子爺是外國大官，知府大人見了他也客客氣氣。」

公差一刀砍向侯康，連載版：那刀砍在肩上，獻血淋漓。修訂版：張康大駭，急忙縮頭，一刀從頭頂掠過，砍去了他的帽子。

楊鵬舉與主僕二人並肩而行，連載版：楊鵬舉說：「公子最好急速回去，和令尊相商之後，了結這件公事，否則這些公差陰毒異常，莫被他們反咬一口。他們不知道我的姓名，一切事情怕要推在公子身上。」侯朝宗一想不錯，游興頓冷，說：「楊兄指教得是，那麼我和楊兄結伴東行吧。」由於張朝唐身份變為浡泥國人士，因此修訂版改為：楊鵬舉道：「這一帶亂的著實厲害，兵匪難分，公子還是及早回去外國的為是。在下也正要去廣州，公子若不嫌棄，咱們便可結伴而行。」

袁承志出場相貌，連載版：生得眉清目秀，十分討人喜愛；修訂版：臉色黝黑，一雙大眼睛確實炯炯有神。奠定了修訂版袁承志黑色皮膚的基調。

袁承志出場，連載版，農夫直接喊出了「承志」的名字，修訂版暫時留下懸念。

連載版中有一段情節，即袁承志和姓倪的共同獵殺老虎，打死老虎後，姓倪的教訓指導袁承志放鏢的功夫。由於後面有袁承志習武後與豹子搏鬥情節，所以連載版這段打虎情節顯得重複，同時也過早暴露了袁承志的身份，修訂版將打虎這段情節刪除。

侯朝宗聽承志讀書，連載版：牧童的讀書聲是廣東口音，和中州山陝語音不大相同，更加覺得奇怪。修訂版改為：戚繼光之名，張朝唐在浡泥國也有所聞，知道是擊破倭寇的名將，後來鎮守薊州，強敵不敢犯邊，用兵如神，威震四海。

在連載版：姓應的對侯朝宗說：「侯公子說來和咱們本家有點淵源。」修訂版改為：「張公子來自萬里之外，我們驚嚇了遠客，很是過意不去，別讓你回到外國，說我們中土人士都是窮凶極惡之輩。」

姓應的說到竹牌用處，連載版：「就可逢凶化吉。」修訂版：「或許有點兒用處，過得幾年……唉，或者十年，二十幾年，你聽得中土太平了，這才再來吧！亂世功名，得之無益，反是惹禍。」

三人離開，連載版：這一番舊路再經，各人心中均是說不出的滋味。修訂版：回到適才和那姓朱的交手所在，見單刀兀自在地，閃閃發光，楊鵬舉拾了起來，心想：「我自誇英雄了得，碰在人家手裏，屁也不值！」

祭祀袁崇煥的地點，連載版是「老鴉山」，修訂版是「聖峰嶂」。張楊二人見許多舉止古怪之人，修訂版加入：楊鵬舉心想：「看來這些人是各地山寨的大盜，多半是要聚眾造反。我是身家清白的良民，跟反賊們混在一起，走又走不脫，真是倒黴之極了。」

連載版是「祖仲壽」，修訂版是「孫仲壽」。改為歷史真實人物。

侯朝宗見孫仲壽，連載版：祖仲壽聽說他是戶部尚書侯恂之子，「哦」了一聲道：「令尊大人是清流君子，我們敬佩得很。」侯朝宗連說：「不敢。」修訂版改為：「孫仲壽說道：「張兄這番可來得不巧了。中華朝政糜爛，不知何日方得清明。以兄弟之見，張兄還是暫回浡泥，俟中華聖天子在位，再來應試的為是。」後又加入：孫仲壽問起浡泥國的風土人情，聽張朝唐所述，皆是聞所未聞，喟然說道：「不知幾時我中華百姓才得如浡泥國一般，安居樂業，不憂溫飽，共享太平之福？」

張朝唐寫祭文時，由於是外邦人士，因此修訂版改為：皇帝若是知道了，一紙詔書來到浡泥國，連父親都不免大受牽累。可是孫仲壽既這麼說，在勢又不能拒絕，情急之下，忽然靈機一動，想起在浡泥國時所看過的兩部，一部是《三國演義》，一部是《精忠岳傳》。他讀書有限，不能如孫仲壽那麼駢四驪六的大做文章。連載版是「劉一虎」，修訂版是「劉芳亮」。改為歷史真實人物。

第二回　恩仇同患難　死生見交情

敘述明朝政事，連載版較為簡略：

原來崇禎皇帝誅滅魏忠賢和客氏之後，朝中逆黨雖然一掃而空，然而皇帝性格多疑，對大臣全不信任，任用的仍是從他信王府裏帶來的太監，而最得寵的則是曹化淳。他統率皇帝秘密衛士，專門調查朝中臣子和各地的武官。曹太監的名頭那時已可說是無人不知，所以那黑臉漢子一喝，大家都凜然心驚。

修訂版加入對「廠衛」、「下詔獄」等歷史事迹。

均知崇禎皇帝誅滅魏忠賢和客氏之後，宮中朝中逆黨雖然一掃而空，然而皇帝生性多疑，又秉承自太祖、成祖以來的習氣，對大臣多所猜忌，所任用的仍是從他信王府帶來的太監，其中最得寵的則是曹化淳。此人統率皇帝的御用偵探和衛士，即所謂「廠衛」，刺探朝中大臣和各地將帥的隱私，文武大臣往往不明不白的為皇帝下旨誅殺，或是任意逮捕，關入天牢，所謂「下詔獄」，都是由於曹化淳的密報。曹太監的名頭，當時一提起來，可說是人人談虎色變。

朱倪二人找孫仲壽商量，修訂版加入：這些武將所擅長的是行軍打仗，衝鋒陷陣，說到長槍硬弩，十蕩十決，那是勇不可當，但武學中的拳腳器械功夫，卻均自知不及崔秋山。

對於張朝唐（侯朝宗）、楊鵬舉二人後事，連載版：侯朝宗在家讀書，終成明末大家，楊鵬舉改業務農，為清兵所殺。修訂版改為：張朝唐邀楊鵬舉到浡泥國游覽，楊鵬舉後來留在張信那督府擔任小小職司，甚是逍遙快樂。

農婦告訴承志到鎮上請大夫，連載版：袁承志一想不錯。修訂版：袁承志道：「是，是，可是怎麼去？」表現了作為一個孩子沒有主意。

袁承志擋在門口，修訂版加入：當時心中只有一個念頭：「決不能讓他們捉了崔叔叔去。」表現了承志年少俠義的品質。

大漢被打得頭暈眼花，修訂版加入：那大漢罵道：「他奶奶的，你不炒雞蛋請老子吃，卻用雞蛋打老子。」

大漢說受安大娘丈夫之托接女兒回去，修訂版加入：

「小潑婦，我們錦衣衛的人你也敢得罪，當真不怕王法麼？」安大娘秀眉直豎，將濕布橫掃過去。胡老三早防到她這著，話剛說完，已轉身躍出，遠遠的戟指罵道：「他媽的，今天你請我吃生雞蛋，老子下次捉了你關入天牢，請你屁股吃筍炒肉，十根竹簽插進你的指甲縫，那時你才知道滋味！今日瞧在你老公份上，且饒你一遭。」

安大娘並不閂門，似乎另有所待，修訂版加入：

袁承志見她秀眉緊蹙，支頤出神，一會兒眼眶紅了，便似要掉下淚來，心想：「那胡老三說，安嬸嬸的丈夫派他來接小慧回去，不知為了甚麼。她丈夫欺侮安嬸嬸，等我長大了，練好了武藝，定要打她丈夫一頓，給安嬸嬸出氣。只是小慧見我打她爹爹，不知會不會不高興。」又想：「那胡老三說他是錦衣衛的，哼，錦衣衛的人壞死了，我媽媽便是給他們捉去害死的。終有一天，我要大殺錦衣衛的人，給媽媽報仇。」袁崇煥被崇禎處死後，兄弟妻子都被皇帝下旨充軍三千里。錦衣衛到袁家拿人，袁崇煥的舊部先已得訊，趕去將袁承志救了出來，袁夫人卻未能救出。當年錦衣衛抄家拿人、如虎似狼的凶狠模樣，已深印在袁承志小小的腦海之中。

表現了袁承志從小嫉惡如仇，並敘述了袁崇煥死後被抄家時的情形，加深了袁承志對崇禎皇帝及錦衣衛的仇恨。

第三回　經年親劍鋏　長日對楸枰

華山派開派祖師，修訂版說是風祖師爺，並加入：袁承志向畫中人瞧了兩眼，心道：「你可比我師父年輕得多啦，怎麼反而是祖師爺？」與《笑傲江湖》敘述華山派祖師風清揚的事迹相關聯。

穆人清綽號，連載版是「八手仙猿」，修訂版是「神劍仙猿」。

穆人清對袁承志的喜歡，修訂版加入：穆人清無子無女，一劍獨行江湖，臨到老來，忽然見到一個聰明活潑的孩童，心中的喜歡，實在不下於袁承志的得遇名師。

一晃三年，袁承志已十三歲了，修訂版加入：

這三年之中，穆人清又傳了他「破玉拳」和「混元掌」。「混元掌」雖是掌法，卻是修習內功之用。自來各家各派修練內功，都講究呼吸吐納，打坐練氣，華山派的內功卻別具蹊徑，自外而內，於掌法中修習內勁。這門功夫雖然費時甚久，見效極慢，但修習時既無走火入魔之虞，練成後又是威力奇大。蓋內外齊修，臨敵時一招一式之中，皆自然而有內勁相附，能於不著意間制勝克敵。待得「混元功」大成，那更是無往不利、無堅不摧了。袁承志練武時日尚淺，「混元功」自未有成，但身子已出落得壯健異常，百病不侵。

連載版未提到袁承志修習內功的情節，修訂版增加了袁承志修煉「混元功」的經歷，將「混元功」作為承志內力高強的標誌，並在此後的情節多次提到「混元功」。

木桑道人出現時，修訂版加入：大聲說道：「老猴兒，這一招『天外飛龍』，世間更無第二人使得出，老道今日大開眼界。」

木桑的綽號，連載版是「鬼影子」，修訂版是「千變萬劫」。

木桑答應教袁承志武功，連載版：要知道木桑道人人稱「鬼影子」，武功別稱一派。修訂版改為：

木桑道人外號「千變萬劫」。他年輕之時，因輕功卓絕，身法變幻無窮，江湖上送他個外號，叫做「千變萬化草上飛」。後來他耽於下棋。圍棋之道，講究「打劫」，無數變化俱從打劫而生。木桑武功甚高，自己倒以為平平無奇，棋藝不過中上，卻是自負得緊，竟自行改了外號，叫做「千變萬劫棋國手」。旁人礙於他的面子，不便對他自改的外號全不理會，可是又知他棋藝和「國手」之境實在相去太遠，於是折衷而簡化之，稱之為「千變萬劫」。這四字其實還是恭維他武功千變萬化，殺得敵人「萬劫不復」。但如有人當面如此解釋，木桑勢必大為生氣，定要對方承認這外號是指他棋藝而言，才肯罷休。穆人清一直佩服他武功上實有獨得之秘。

修訂版由於將木桑的外號改為「千變萬劫」，因此詳細介紹了木桑外號「千變萬劫」的由來，以及在武功和圍棋上的造詣。

木桑與承志下棋勝少負多，修訂版加入：縱然「千變萬劫」，變來變去，也仍是不免落敗。敗得越多，傳授武功的次數也是越密。好在他棋藝上變化有限，武學卻實是廣博，輸棋雖多，盡有層出不窮的招數來還債。

經過找到金蛇郎君遺骨一事後，修訂版加入：

袁承志棋藝日進，木桑和他下棋，反要饒上二子，而袁承志故意相讓之迹，越來越難遮掩。木桑興味索然，自覺這「千變萬劫棋國手」的七字外號，早已居之有愧，明明覺得袁承志的棋藝也是平平，可是自己不知怎的，卻偏偏下他不過，只怕自己的棋藝並不如何高明，也是有的，但說自己棋藝不高，卻又決無是理。這一日大敗之餘，推枰而起，竟飄然下山去了。

後文穆人清、袁承志先後要下山，此處修訂版補充理由讓木桑道長先離開華山。穆人清要下山，讓承志一個月後下山，修訂版加入：

「你的混元功尚差了最後一關，少則十日，多則一月，才能圓熟如意，融會貫通。下山奔波，諸事分心，練功沒山上安靜。待得混元一氣游走全身，更無絲毫窒滯，你再下山，到闖王軍中來找我吧。一路之上，如見到不平之事，便須伸手。行俠仗義，乃我輩份所當為，縱是萬分艱難危險，也不可袖手不理。」

解釋了承志為何不與穆人清同時下山，其一個月後下山的原因是為了練混元功。之後過了七八天，照常練習武功，修訂版加入：這天用過晚飯，坐在床上又練一遍混元功，但覺內息游走全身經脈，極是順暢，心下甚喜。補敘了混元功。

沙老大的透骨釘射向承志，連載版：

他本來見袁承志的神色，似乎是會武功的模樣，那知這枚透骨釘打過去，他既不會避，又不會接，眼見一枚極凶狠的暗器從他胸口釘了進去。他剛叫出聲來，想沖過去救助，那知那枚透骨釘平平隱隱地從他胸上滑了下來，他好像根本不知道有這一回事。沙老大帶來的大漢中有許多手執火把，把船頭照得明晃晃地，這一來大家面面相覷，心想這個秀才相公貌不驚人，那知武功深不可測，居然全身刀槍不入。原來袁承志貼胸穿著木桑道人初見面時送給他的那一件金絲背心，所以透骨釘打不進去。他武功雖好，究竟是血肉之軀，透骨釘用機括發射，勁力厲害異常，那裏會不受傷害？

修訂版簡潔的改為：

哪知袁承志伸出左手，只用兩根手指，便輕輕巧巧的將那枚透骨釘拈住了。沙老大帶來的大漢中多人手執火把，將船頭照得明晃晃地有如白晝，溫青瞧得清楚，不禁一怔：「這手功夫可俊得很哪！原來他武功著實了得。」

沙老大再射三枚透骨釘，連載版：

溫青「喲啊」一聲，出其不意，避讓已自不及，頭一低，想躲開一枚是一枚。這一來，上面一枚打空，下面兩枚卻萬萬躲不開了，但說也奇怪，只見斜刺裏又是一枚透骨釘閃電般打了過來，在第二枚釘上一碰，把第二枚釘激過去又和第三枚釘一碰，「錚，錚」兩聲，三枚釘齊齊落在他的面前。溫青眼睛一斜，見發那枚透骨釘的正是袁承志。原來他見沙老大突然使用卑鄙手段，乘人不備，想敗中取勝，發暗器偷襲，所以檢起那枚從胸前滑落的透骨釘，救了溫青一命。溫青微一點頭，表示道謝。

修訂版改為：

袁承志急叫：「溫兄，留神！」溫青急忙轉過頭來，只見三枚透骨釘距身已不過三尺，若不是得他及時呼叫，至多躲得過一枚，下面兩枚卻萬萬躲避不開，急忙側頭讓過了一枚，揮劍擊飛了另外兩枚，轉身向袁承志點頭示謝。

連載版由袁承志發暗器助青青，修訂版改為由袁承志提醒，青青自己擋住三枚暗器，一方面表現了袁承志對青青的關心，為二人感情奠定基礎，另一方面顯示了青青武功要高於沙老大，不需要袁承志親自出手。

袁承志救落水二人，修訂版加入：這一下既使上了「混元功」內勁，又用了木桑所授的輕身功夫。再次提及「混元功」，作為承志超強內功的標誌。

老者罵青青，青青氣極，袁承志的想法，連載版：「聽這老頭兒說話，大概溫青的母親是被人強姦才生下來的。」修訂版改變了袁承志立即看出真相的事實：「這老頭兒跟人吵嘴，怎地又去罵人家的父母？年紀一大把，卻不分說道理，亂七八糟的，盡說些難聽話來損人。」將青青身世作為伏筆放置後文，保留懸念。

袁承志到家找青青，連載版：袁承志道：「那人大約十八九歲年紀，相貌十分俊雅的，穿的是書生衣巾。」由於承志已經知道青青名字，修訂版改為：袁承志道：「在下要找溫青溫相公。」

溫青住處大廳的牌匾，連載版是「世澤綿長」，修訂版是「世德堂」。

溫青從內堂出來，修訂版加入：只見他改穿了紫色長衫，加繫了條鵝黃色腰絛，頭巾上鑲著一顆明珠。增加對青青的細筆描寫。

月華送承志燕窩，修訂版加入：袁承志將燕窩三口喝完，只覺甜甜滑滑，香香膩膩，也說不上好吃不好吃。彌補了連載版送燕窩但承志沒有吃的小漏洞。

第五回 山幽花寂寂 水秀草青青

青青要將金子花光，修訂版加入：袁承志道：「這麼多金子，你一天怎麼花得完？」溫青惱道：「花不完，不會抛在大路上，讓旁人揀去幫著花嗎？」表現了青青的任性。

溫方施問承志師父是誰，修訂版加入：溫氏五老雖對闖王的聲勢頗為忌憚，但五兄弟素來愛財，到手了的黃金卻也不肯就此輕易吐了出去，適才見袁承志一掌震落溫正，武功委實了得，要先查明他的師承門派，再定對策。

承志得知青青是女子，修訂版加入一句想法：「唉，我竟是莫名其妙的跟一個姑娘拜了把子，這可從哪裏說起？」青青也補充一句：說著抿嘴一笑，又道：「其實呢，我該叫夏青青才是。」

承志自責被青青瞞了許多天，修訂版加入：要知他一生之中，除了嬰兒之時，只和安大娘和安小慧同處過數日，此後十多年在華山絕頂練武，從未見過女子。後來在闖王軍中見到李岩之妻紅娘子，這位女俠豪邁爽朗，與男子無異。因此於男女之別，他實是渾渾噩噩，認不出溫青青女扮男裝。進一步解釋了袁承志與青青相處多天但未認出其女扮男裝的原因。

第六回　越墻摟處子　結陣困郎君

溫南揚說六叔用強不從，拔刀殺了，也是有的，修訂版加入：本來也不用殺他滿門，定是六叔跟她家人朝了相，這才要殺人滅口。只可惜當時給這兔崽子漏了網，以致後患無窮。

溫南揚說兩個嫂嫂被送到妓院後捎信回來，連載版：四爹爹只好派人去贖了回來；修訂版：這兩個媳婦也不要了，派人去殺光了娼寮裏的老鴇龜奴、妓女嫖客，連兩個嫂嫂也一起殺了，一把火連燒了揚州八家娼寮。表現了溫家對自己親人的無情。

溫家找幫忙的李拙道人和清明禪師，二人的門派，連載版是「峨嵋派和少林寺」，或許兩個無足輕重的人物沒必要請出這兩大門派，而且這兩大門派均是名門正派，不可能與溫家狼狽為奸，修訂版改為「崆峒派和十方寺」。

承志想到用暗器，連載版：「我的暗器功夫是『金蛇郎君』所不及的，我身上還有木桑道長所賜的背心，在緊要關頭挨幾下，騰出手來，就可擊破敵陣。」袁承志為人謙遜，不應有暗器勝過「金蛇郎君」的想法，修訂版刪除。

青青取出金子放在桌上，連載版：溫明山道：「不用什麼椿子了，正兒，你用金條豎立在地上，布成圖形吧。」溫正答應了，把十兩一個金條一條條的豎立在地上，中間圍成一個太極圖，太極圖周圍則是一個八卦形。修訂版未說布成圖形，改為：溫方達左手在桌上橫掃過去，金包打開，啪啪啪一聲響，數十塊金條散滿了一地，燦然生光，冷笑道：「溫家雖窮，這幾千兩金子還沒瞧在眼裏。姓袁的，你有本事破了我們這五行陣，儘管取去！」

呂七先生鬍子被燒後，黃真叫道，連載版：「師弟別胡鬧！」修訂版改為：「乖乖不得了！呂七先生拿鬍子當烟絲抽。」體現了黃真幽默風趣的性格。

呂七先生走後，修訂版加入一段：崔希敏問道：「師父，老傢伙打了敗仗，怎地連烟管也不要了？」黃真一本正經的答道：「老傢伙戒了烟啦！」崔希敏搔搔頭皮，可就不明白打了敗仗幹麼得戒烟。他不敢再問師父，向安小慧望去，只見她兀自為呂七先生狼狽敗逃而格格嬌笑。」

第七回　破陣緣秘笈　藏珍有遺圖

承志擊敗呂七的絕技，連載版是「一指禪」，修訂版是「鐵指訣」。

黃真力鬥五老，修訂版加入幾段幽默言語：「大老闆、二老闆，見者有份，人人有份摔上一交，決不落空！」「本小利大，黃老闆一個人做五筆生意，可有點兒忙不過來啦！」

榮彩氣憤的走了，修訂版加入：臨出門口，忍不住又向滿地黃金望了一眼，心中突然大悔：「剛才他們六人惡鬥之時，我怎地沒偷偷在地上撿上一兩條，諒來也不會給人發見。」

黃真笑道：「我這師弟飯量很大。你們要留他，本是一件好事，只是一年半載吃下來，就怕各位虧蝕不起。」連載版：崔希敏知道師父性子，他一說笑話，那就是心裏發了脾氣，只怕雙方又要動手，當下緊緊握住兵刃，雙目凝望敵人。修訂版刪除。

黃真預計五人對付五老，除二師弟夫婦、自己、師父外，連載版是「木桑道長」，修訂版改為「大弟子馮難敵」。

黃真見對方用上八卦陣，修訂版加入一句想法：「自己明明本錢短缺，怎地生意卻越做越大？頭寸轉不過來，豈不糟糕？」體現了其做生意人的幽默風趣。

黃真見師弟出手之怪，修訂版加入一段想法：「他這家寶號貨色繁多，五花八門，看來不是我華山派一家進的貨。他生意的路子可廣得很啊。」

承志知道師兄要乘機報復，修訂版加入：他想師父常說：「得饒人處且饒人」，青青又已出言相求，金子既已取回，雖不願再留難溫氏五老，但大師兄在此，自然一切由他主持。表現了承志善良本性。

黃真要溫明達發米，連載版：溫明達心想：「這四個兄弟一動都不不能動，那能挨得起十天半月，只好拚命籌措了。」修訂版作了改動：

溫方達心想：「四個兄弟給點中了穴道，最多過得十二個時辰，穴道自解，只不過損耗些內力而已，不必受他如此敲詐勒索。」黃真已猜中了他心思，說道：「其實呢，你我都是行家，知道過得幾個時辰，穴道自解，這一千六百石白米，大可省之。只不過我們華山派的點穴功夫有點兒霸道，若不以本門功夫解救，給點了穴道之人日後未免手腳不大靈便，至於頭昏眼花，大便不通，小便閉塞，也是在所難免，內力大損，更是不在話下。好在四位年紀還輕，再練他五六十年，也就恢復原狀了。」

溫氏兄弟都是武林高手，自解穴道應當不難，因此存有不拼命籌措大米的想法，而黃真猜中其心思諷刺一下，同時也表現了其幽默性格。

崔希敏下跪求承志指點功夫，連載版：袁承志忙跪下還禮，連說：「不敢當。」後來袁承志追思他叔叔崔秋山當年捨命相救之德，果然教了他許多功夫。崔希敏雖因天資所限，不能學到多少，但與過去已判若兩人，這是後話，暫且不表。修訂版刪除「這是後話，暫且不表」的舊小說串聯語，同時增加的一段，比較詳細的回顧了崔希敏學藝黃真的往事：

袁承志忙跪下還禮，連說：「不敢當，我大師哥的功夫，比我精純十倍。」黃真笑道：「我功夫不及你，可是要教這傢伙，卻也綽綽有餘，只是我實在沒有耐心。師弟若肯成全這小子，做師哥的感激不盡。」原來黃真因卻不過崔秋山的情面，收了崔希敏為徒。但這弟子資質魯鈍，聞十而不能知一，與黃真機變靈動的性格極不相投。黃真縱是在授藝之時，也是不斷的插科打諢，胡說八道。弟子越蠢，他譏刺越多。崔希敏怎能分辨師父的言語哪一句是真，哪一句是假？黃真明明說的是諷刺反話，他還道是稱讚自己。如此學藝，自然難有成就。後來袁承志感念他叔叔崔秋山捨命相救之德，又見他是小慧的愛侶，果然詳加指點。崔希敏雖因天資所限，不能領會到多少，但比之過去，卻已大有進益了。

敘述溫儀之死，連載版說：承志四人轉頭走出，溫儀追出來問夏雪宜的墳墓，承志未回答，只聽五柄飛刀飛來，承志抓住四柄，一柄插入溫儀後心。原來是溫明施下毒手，承志擲飛刀不中，又擲兩粒棋子，打中他要穴。修訂版改為：承志四人要走，溫青抱著母親，溫儀當時已遭毒手。溫方施射出四柄飛刀，被承志抓住，避入門後，將六人關在門外。

溫儀死後，連載版說青青悲傷過度而暈了過去。修訂版加入：

青青奔到大門之前，舉劍亂剁大門，哭叫：「你們害死我爹爹，又害死我媽媽，我，我……我要殺光了你溫家全家。」縱身躍起，跳上了墻頭。袁承志也躍上墻頭，輕輕握住她左臂，低聲道：「青弟，他們果然狠毒。不過，終究是你的外公。」青青一陣氣苦，身子一晃，摔了下來。袁承志忙伸臂挽住她腰，卻見她已昏暈過去。

修訂後青青的舉動有其父的遺風。

眾人離開溫家，黃真叫希敏告農家搬家，修訂版加入：「你想那幾個莊稼人，能破得了五行陣嗎？」崔希敏點頭道：「那可破不了！」四人見路邊有座破廟，黃真叫眾人進去歇歇。「廟破菩薩爛，旁人不會疑心咱們順手牽羊、偷雞摸狗。」崔希敏道：「那當然！」體現了崔希敏憨直性格。

第八回　易寒強敵膽　難解女兒心

青青生氣的拿石頭亂砸，修訂版加入：又道：「你要破五行陣，幹麼不用旁的兵刃，定要用她頭上的玉簪？難道我就沒簪子嗎？」說著拔下自己頭上玉簪，折成兩段，摔在地下，踹了幾腳。表現青青的任性。

承志解下長衫給青青披上，修訂版加入：

尋思：「到底她要甚麼？心裏在想甚麼？我可一點也不懂。小慧妹妹又沒得罪她，為甚麼要我今後不可和她再見？難道為了小慧妹妹向她索討金子，因而害死她媽媽？這可也不能怪小慧啊。」他將呂七先生、溫氏五老這些強敵殺得大敗虧輸，心驚膽寒，也不算是何等難事，可是青青這位大姑娘忽喜忽嗔，忽哭忽笑，實令他搔頭摸腮，越想越是胡塗。

表現了袁承志對青青的性格還不甚瞭解。

兩人在路上，修訂版加入：兩人都是心中有愧，一路上再不說話，有時目光相觸，均是臉上一紅，立即同時轉頭回避。心中卻均是甜甜的，這數十里路，便如是飄飄蕩蕩的在雲端行走一般。

兩人到南京後，修訂版加入：兩人投店後，袁承志便依著大師哥所說地址去見師父。一問之下，卻知穆人清往安慶府去了，至於到了安慶府何處，在南京聯絡傳訊之人也不知情。袁承志鬱鬱不樂，青青拉他出去游玩，也是全無心緒，只是坐在客店中發悶。

二人在湖上聽兩名歌女唱曲，連載版：

那兩名妓女自是庸脂俗粉，一個吹了一會簫，一個唱了兩個小曲，青青暗暗皺眉，覺得不堪入耳。承志低聲埋怨：「你胡鬧得越來越不成話啦！」青青笑著央求：「好啦，還罵不夠麼？我吹一會簫給你聽。」從姑娘手中接過簫來，拿手帕醮了酒，在吹口處擦了半天，接嘴吐氣，同時是一簫，音調登時大不相同。承志當日在石梁玫瑰坡上聽她吹過。這時河上波光月影，酒濃脂香，又是一番光景。那兩個妓女聽她吹得如此好聽，都不覺呆了。

修訂版較連載版描寫更加詳細：

青青又想：「他原是個老實頭，就算心裏對我好，料他也說不出口。」那兩名歌女姿色平庸。一個拿起簫來，吹了個「折桂令」的牌子，倒也悠揚動聽。另一個歌女對青青道：「相公，我兩人合唱個『掛枝兒』給你聽，好不好？」青青笑道：「好啊。」那歌女彈起琵琶，唱的是男子腔調，唱道：「我教你叫我，你只是不應，不等我說就叫我才是真情。要你叫聲『親哥哥』，推甚麼臉紅羞人？你口兒裏不肯叫，想是心裏兒不疼。你若疼我是真心也，為何開口難得緊？」袁承志聽到這裏，想起自己平時常叫「青弟」，可是她從來就不叫自己一聲「哥哥」，只是叫「承志大哥」，要不然便叫「大哥」，不由得向青青瞧去。只見她臉上暈紅，也正向自己瞧來，兩人目光相觸，都感不好意思，同時轉開了頭，只聽那歌女又唱道：「俏冤家，非是我好教你叫，你叫聲無福的也自難消。你心不順，怎肯便把我來叫？叫的這聲音兒嬌，聽的往心窩裏燒。就是假意兒的殷勤也，比不叫到底好！」

另一個歌女以女子腔調接著唱道：「俏冤家，但見我就要我叫，一會兒不叫你，你就心焦。我疼你哪在乎叫與不叫。叫是口中歡，疼是心想著。我若疼你是真心也，就不叫也是好。」

歌聲嬌媚，袁承志和青青聽了，都不由得心神蕩漾。只聽那唱男腔的歌女唱道：「我只盼，但見你就聽你叫，你卻是怕聽見的向旁人學。才待叫又不叫，只是低著頭兒笑，一面低低叫，一面把人瞧。叫得雖然艱難也，心意兒其實好。」

兩人最後合唱：「我若疼你是真心也，便不叫也是好！」琵琶玎玎，輕柔流蕩，一聲聲挑人心弦，襯著曲詞，當真如蜜糖裏調油、胭脂中摻粉，又甜又膩，又香又嬌。袁承志一生與刀劍為伍，識得青青之前，結交的都是豪爽男兒，哪想得到單是叫這麼一聲，其中便有這許多講究，想到曲中纏綿之意，綢繆之情，不禁心中怦怦作跳。青青眼皮低垂，從那歌女手中接過簫來，拿手帕醮了酒，在吹口處擦乾淨了，接嘴吐氣，吹了起來。袁承志當日在石梁玫瑰坡上曾聽她吹簫，這時河上波光月影，酒濃脂香，又是一番光景，簫聲婉轉清揚，吹的正是那「掛枝兒」曲調，想到「我若疼你是真心也，便不叫也是好」那兩句，燈下見到青青的麗色，不覺心神俱醉。

馬公子上船，承志的問候，連載版：當下不動聲色，問道：「馬士英馬大人與閣下怎樣稱呼？」馬公子十分得意道：「那是家叔。」承志不在江湖朝廷，不可能知道總督馬士英，因此修訂版改為：淡淡問道：「閣下在總督府做甚麼官？」馬公子微微一笑，道：「總督馬大人，便是家叔。」

馬公子問青青住處，連載版是「金州門外法門寺」，修訂版改為「覆舟山和尚廟」。

閔子華出場年紀，連載版是「四十八九歲年紀」，修訂版改為「約莫三十歲左右年紀」。

孫仲君出場，連載版：然而美麗之中似乎覆蓋著一股寒意；修訂版：秀眉微蹙，杏眼含威。

劉培生綽號，連載版是「神拳太保」，修訂版是「五丁手」。

閔子華沒說孫仲君外號的原因，連載版：仗著師娘的寵愛，武功又高，行事心狠手辣，大家都忌憚她三分；修訂版：原來這外號不大雅致。

承志和青青到史氏兄弟府上查後，承志留下「弟焦公禮頓首」。連載版：力貫右手食指，手指所到之處，桌面深陷；修訂版改為：拿起史氏兄弟一把匕首，在桌上劃字。

之後的情節，連載版說，兩人越牆出來，遇到萬方和孫仲君，二人在園中散步，見到敵人出現，雙方交手，承志不想傷他，越牆而出。修訂版改為，萬方和孫仲君並未出現，只說，猛聽得門外有人喝問，兩人知道對方布置周密，越牆而出。承志武功較孫仲君和萬方要高得多，因此無需像連載版說：承志自知剛才取勝，其實頗有點僥幸，因為對方萬料不到自己有金絲背心保護，可以不避刀劍而隨手進擊，如果憑真實功夫相鬥，雖不致輸，但得勝也決無如此之易。

承志看到多爾袞的書信，修訂版加入一句：信末蓋了兩個大大的朱印，上面一個是「大清睿親王」五字隸文，下面是「多爾袞」三字的篆文。印證書信不是偽造的。

次日早晨起身，連載版說：青青笑道：「你瞧！」她從身後拿出一個包裹來，在桌上打開，是兩件藍綢宜裰，說道：「咱們殺了那馬公子，該換換衣服了。」承志道：「你想得真周到。」青青殺馬公子已經有一段時間，二人多次露面，此時才提及換衣服之事，不妥，修訂版刪除。

閔子華看信後，修訂版加入：

突然之間，心頭許多一直大惑不解之事都冒出了答案：「太白三英來跟我說知，害死我哥哥的乃是金龍幫焦公禮。我邀眾位師哥助我報仇，大家卻都推三阻四。水雲大師哥又說要等尋到師父，再由他老人家主持。眾師哥向來和我交好，怎地如此沒同門義氣？只有洞玄師弟一人，才陪我前來。我仙都派人多勢眾，遇上這等大事，本門的人卻不出頭，迫得我只好去邀外人相助，實在太不成話。原來我哥哥當年幹下了這等見不得人面之事。眾位師哥定然知道真相，是以不肯相助，卻又怕掃了我臉面，就此往失踪多年的師父頭上一推，只洞玄師弟年輕不知……」

解釋了為什麼閔子華同門師哥不相助的原因。

梅劍和毀掉書信，修訂版加一句對白：「我馬上就寫給你看，你信不信？你要冤枉十力大師無惡不作，冤枉鄭島主殺了閔二哥的兄長，那樣的信我都會寫。」表現出梅劍和的卑鄙無恥。

第九回　雙姝拼巨賭　一使解深怨

承志抱拳向眾人行禮，修訂版加入：焦方眾人見他救了焦公禮性命，一齊恭謹行禮。閔方諸人卻只十力大師等幾個端嚴守禮的拱手答禮，餘人見他年輕，均不理會。孫仲君劍刺青青的招數，連載版是「雲裏挑桃」，修訂版是「彗星飛墜」。

承志斷其劍，連載版：提起劍來一折兩斷，擲在地下；修訂版：腳下運勁，喀喇一聲響，將長劍踏斷了。

承志與閔子華、洞玄比劍時作文章，連載版：他喝了一口酒道：「我師父小時候叫我作文章，現在我文思大發，又要作文章了！」洞玄喝道：「小子，看劍！」承志大聲叫道：「金蛇使者笑鬥兩傻記。」青青笑道：「大哥，這是什麼？」袁承志道：「這是文章題目。」修訂版改為：青青笑道：「大哥，有人陪你捉迷藏，你倒快活，可沒人陪我玩耍。我不如作一篇文章，也免得閑著無聊。」

承志問作什麼文章，青青說叫「金蛇使者笑鬥兩傻記」，之後由青青作文章，而不是連載版所說由承志作文章。因為承志小時候接受教育少，作如此文章似乎並不可信。

青青作文章，二版不同，修訂版加入：「劍法有兩儀之名，千招萬招，盡是低招；賭博以巨宅為注，一輸再輸，保不住了。仙都兩傻手忙腳亂，不覺破綻百出；金蛇使者無可奈何，惟有將之擊倒！」

承志舞完兩儀劍法，最後一招華山派的「天外飛龍」，修訂版加入：袁承志心中卻暗暗後悔：「啊喲不好，我使得興起，竟用上了本門的絕招，二師哥的門人怎會看不出來？」

承志給二人賠禮，修訂版加入：說著向二人一躬到地，跟著躍起身來，拔下梁上雙劍，橫托在手，還給了二人。表現了承志的謙遜禮讓。

承志報身份後，連載版：「我也真不敢認這樣三位大英雄大豪傑做師侄。」修訂版改為：「我可也真不敢認三位做師侄。」較連載版少了些狂傲，多了份謙遜。

承志教訓孫仲君，修訂版加入一段：

梅劍和自幼便在歸辛樹門下，見到嚴師，向來猶似耗子見貓一般，壓抑既久，獨自闖蕩江湖，竟加倍的狂傲自大起來。歸辛樹又生性沉默寡言，難得跟弟子們說些做人處世的道理，不免少了教誨。梅劍和自己受挫，那是寧死不屈，但見師妹痛楚難當，登時再也不敢倔強，站起身來，定了定神，向袁承志連作了三個揖，道：「袁師叔，晚輩不知你老駕到，多多冒犯，請你老給孫師妹解救吧。」

歸辛樹的弟子為何個個狂傲自大，連載版未說明原因，修訂版解釋了由於歸辛樹對弟子少教誨，致使弟子們壓抑已久，所以闖蕩江湖便狂傲自大。

洪勝海說實情，連載版簡略：洪勝海那裏還敢隱瞞，當下把多爾袞如何約曹化淳內應，如何滿清兵臨城下時打開城門獻城，如何約定記號，如何接待九王部下人員混進宮內幹事，一一說了出來。

修訂版比較詳細的說明了多爾袞如何約曹化淳作內應一事：

洪勝海道：「九王爺吩咐小人，要曹太監將宮裏朝中的大事都說給小人聽，然後去轉告九王爺。」袁承志問道：「曹化淳做到司禮太監，已是太監中的頂兒尖兒，他投降滿清，又圖的是甚麼？多爾袞許給他的好處，難道能比我大明皇帝給他的更多？」洪勝海道：「滿清九王爺只答應他一件事：將來攻破北京，不殺他的頭，讓他保有家產；他若不作內應，北京終究還是能破，那時便將他千刀萬剮。」袁承志這才恍然，說道：「曹太監肯做漢奸，只是怕死，為了鋪一條後路。」洪勝海道：「正是！」袁承志嘆了口氣，心想：「有些人甚麼都有了，便只怕死。為了怕死，便甚麼都肯幹。」他向洪勝海瞧去，心道：「這人也怕死，只求保住性命，甚麼都肯幹。壞事固然肯做，好事何嘗不能？」

第十回　不傳傳百變　無敵敵千招

承志與歸辛樹比武，修訂版加入一段：

二人拳法相同，諸般變化均是了然於胸，越打越快，意到即收，未沾先止，可說是熟極而流。袁承志心想：「我在華山跟師父拆招，也不過如此。」但與師父拆招，明知並無凶險，二師哥卻是拳掌沉重，萬萬受不得他一招，雖知青青命在頃刻，竟無餘暇去瞧她一眼，霎時之間，背上冷汗直淋。他急欲去救青青，出招竭盡全力，更不留情，心想：「青弟若是喪命，就算你是師哥，我也殺了你！」

後又加入歸辛樹想法：尋思：「我號稱神拳無敵，可是和這個小師弟已拆了一千招以上，兀自奈何他不得。我這個外號，可有點名不副實了。」

通過增加二人在比武時的想法，袁承志一方面欽佩歸辛樹的拳法，另一方面掛念著青青安危。

梅劍和對孫仲君斷人臂膀的事輕描淡寫，連載版：青青忍不住，插口道：「她把人家一條臂膀生生削了下來，袁大哥這才看不過而出頭的。」修訂版改為：

他言語中所著重的，卻是袁承志踩斷了歸二娘賜給孫仲君的長劍。青青忍不住插口道：「這位飛天魔女孫仲君，好沒來由的，一劍就把人家一條臂膀削了下來。那個人只不過奉了師父之命送封信來，是個老老實實的好人。袁大哥說，他華山派門人不能濫傷無辜，他既見到了，若是不管，要給師父責罰的，無可奈何，只得出頭管上這樁事。他說無意中得罪了師哥、師嫂，心裏難過得很，可又沒有法子。」她知道袁承志不擅言辭，一切都代他說了。

穆人清責罰孫仲君，修訂版加入：

穆人清道：「這女娃兒，」說著向青青一指，對孫仲君道：「又犯了甚麼十惡不赦的惡行，你卻連使九下狠招殺著，非取她性命不可？你過來。」孫仲君嚇得魂不附體，哪敢過去？伏在地下連連磕頭，說道：「徒孫只道她是男人，是個輕薄之徒……」穆人清怒道：「你削下她帽子，已見到她是女子，卻仍下毒手。再說，是男人就可濫殺嗎？單憑你『飛天魔女』這四字外號，就可想見你平素為人。」

表現了穆人清對孫仲君濫殺無辜的嚴厲斥責，將穆人清與孫仲君二人的品格形成鮮明對比。承志說木桑沒有親手教他功夫，修訂版加入：又想：「這話雖非謊言，畢竟用意在欺瞞師父，至少是存心取巧。但這時明言，二師哥必定會對道長見怪，待會背著二師哥，須得向師父稟明實情。」

穆人清責備歸辛樹後，修訂版加入：

穆人清眼望歸辛樹，臉色漸轉慈和，溫言道：「辛樹，你莫說我偏愛小徒弟。你年紀雖已不小，在我心中，你仍與當年初上華山時的小徒弟一般無異。」歸辛樹低下頭來，心中一陣溫暖，說道：「是，弟子心中也決沒說師父偏心。」穆人清道：「你性子向來梗直，三十年來專心練武，旁的事情更是甚麼也不願多想。可是天下的事情，並非單憑武功高強便可辦得了的。遇上了大事，更須細思前因後果，不可輕信人言。」歸辛樹道：「是，弟子牢牢記住師父的教訓。」

表現了二人的師徒情誼。

穆人清邀木桑同去，木桑要下棋，修訂版加入：

木桑卻似意興闌珊，黯然道：「這次下了這幾局棋，也不知道以後是不是還有得下。」穆人清一愣，道：「道兄何出此言？眼下民怨如沸，闖王大事指日可成。將來四海宴安，天下太平，眾百姓安居樂業，咱們無事可為。別說承志，連我也可天天陪你下棋。」木桑搖頭道：「未必，未必！舊劫打完，新劫又生，局中既有白子黑子，這劫就循環不盡。」穆人清笑道：「多日不見，道兄悟道更深。我們俗人，這些玄機可就不懂了。」

借二人下棋反映當時社會政治形勢。

青青得到閔子華的宅弟，修訂版加入一段：袁承志和青青取出金蛇郎君遺圖與房子對看，見屋中通道房舍雖有不少更動，但大局間架，若合符節。兩人大喜，知道這座「魏國公賜第」果然便是圖中所指，按著圖上藏寶記號尋索，原來是在後花園的一間柴房之中。

承志看到寶藏後，修訂版詳細介紹了《明史》關於徐達的記載：

他和明太祖朱元璋是布衣之交。朱元璋做了皇帝後，還是稱他為「徐兄」。徐達自然不敢再和皇帝稱兄道弟，始終恭敬謹慎。有一天，明太祖和他一起喝酒，飲酒中間，說道：「徐兄功勞很大，還沒安居的地方，我的舊邸賜了給你吧。」（《明史・徐達傳》原文是：「徐兄功大，未有寧居，可賜以舊邸。」）所謂舊邸，是太祖做吳王時所居的府第，他登極為帝之後，自然另建宮殿了。徐達心想：太祖自吳王而登極，自己若是住到吳王舊邸之中，這個嫌疑可犯得大了。他深知太祖猜忌心極重，當下只是道謝，卻說甚麼也不肯接受。太祖決定再試他一試，過了幾天，邀了徐達同去舊邸喝酒，不住勸酒，把他灌醉了，命侍從將他抬到臥室之中，放在太祖從前所睡的床上，蓋上了被。徐達酒醒之後，一見情形，大為吃驚，急忙下階，俯伏下拜，連稱：「死罪！」侍從將情形回奏，太祖一聽大喜，心想此人忠字當頭，全無反意，當即下旨，在舊邸之前另起一座大宅賜他，親題「大功」兩字，作為這宅第所在的坊名。那便是南京「大功坊」和「魏國公賜第」的由來。據筆記中載稱，徐達雖然對皇帝恭順，太祖還是怕他造反。

山東黑道最厲害兩幫派，另一幫在惡虎溝開山立櫃，連載版說：六位當家都是身負絕藝的好漢；修訂版說：大當家陰陽扇沙天廣武功了得。

洪勝海說有五家盯上財寶，修訂版加入：

袁承志問道：「他們又怎知咱們携了金銀財寶？倘若咱們這十隻鐵箱中裝滿了沙子石頭，這五家大寨主豈不是白辛苦一場？」青青笑道：「這個你就不在行了。大車中裝了金銀，車輪印痕、行車聲響、揚起的塵土等等都不相同。別說十隻大鐵箱易看得很，便是你小慧妹妹的二千兩黃金，當日也給我這小強人看了出來。常言道得好：『隔行如隔山。』你自然不懂的。」袁承志笑道：「佩服，佩服！」洪勝海心想：「這樣嬌滴滴的一個小姑娘，難道從前也是幹我們這一行的？」說話之間，又是兩乘馬從車隊旁掠過，青青冷笑道：「想動手卻又不敢，騎了馬跑來跑去，就是瞎起忙頭。這般膿包，人再多也沒用！」

承志故意讓群盜看珍寶，修訂版加入一段：

袁承志自發覺群盜大集，意欲劫奪，一路上便在盤算應付之策，正如洪勝海所說：「好漢敵不過人多。箱籠物件這麼許多，要一無錯失，倒也得費一番心力。」自然而然的便想：「要是金蛇郎君遇上這件事，他便如何對付？」跟著想到：「金蛇郎君為溫氏五老及崆峒派諸人所擒，以寶藏巨利引得雙方互相爭奪，溫氏五老出手殺了所邀來的崆峒派朋友，他由此而乘機逃脫；又想到：那晚石梁派的張春九和江禿頭偷襲華山，見到有毒的假秘笈，連師兄弟也都殺了；龍游幫和青青為了爭奪闖王黃金而相爭鬥。足見大利所在，見利忘義之人非互相殘殺不可。群盜人多，若是你殺我，我殺你，人便少了。」想明白了此節之後，便在客店中故意展示寶物，料想財寶越是眾多，群盜自相斫殺起來便越加的激烈。

解釋了其故意示寶的原因。

群盜在廟裏分寶，修訂版加入：袁承志見他們倒分得公道，自己定下的計策似乎不管事，不免多了層憂心。尋思：「我想得到的事，這些老奸巨滑的強盜當然早想到了。青弟從前是他們的行家，她的主意定然比我的在行。」

阿九出場時，修訂版從青青視角增加了一段對阿九美麗的描寫：

> 青青聽她吐語如珠，聲音又是柔和又是清脆，動聽之極，向她細望了幾眼，見她神態天真，雙頰暈紅，年紀雖幼，卻是容色清麗，氣度高雅，當真比畫兒裏摘下來的人還要好看，想不到盜夥之中，竟會有如此明珠美玉一般俊極無儔的人品。青青向來自負美貌，相形之下，自覺頗有不如，忍不住向袁承志斜瞥一眼。

第十一回　慷慨同仇日　間關百戰時

承志聽說孟伯飛，修訂版加入：心想：「這位孟老爺子多半人緣極好，武功卻不如何了得，否則師父不會不跟我說起。作武林盟主的人，原本人緣比武功要緊得多。」

袁承志當盟主後，修訂版加入一大段情節，敘述清兵進攻泰山群雄大會，承志與孫仲壽帶領群雄抵禦清兵，雖沒殺死清軍統帥阿巴泰，但聚殲一千餘人，獲得大勝。承志初任盟主，帶領群雄初立戰功，修訂增加的內容對他個人輝煌履歷是很好的補充，也為下一步到盛京刺殺滿清皇太極做了必要提示：

當晚群雄席地歡宴，鬥酒轟飲，喧鬧歡笑之聲，布滿峰谷。正熱鬧間，突見一個流星直沖上天，這是山下有警訊號，群雄登時停杯不飲。袁承志和孫仲壽等人，立時便想起當年聚會聖嶂峰而官兵來襲的情景，莫非官府得知漕銀被劫、因而調兵來攻麼？過不多時，兩名在山坡上哨守的漢子奔上山來，向袁承志稟報：「啟稟盟主，山下哨探急報，清兵大軍已攻下青州，正向泰安進軍，離此處已不過二百餘里，請盟主定奪。」袁承志驚道：「清兵來得這麼快！」他雖曾聽說清兵於去年入關，攻到山東，但一直只在登州、萊州一帶騷擾，搶劫焚殺，想不到竟會一舉破了青州。

孫仲壽道：「清兵去年十月翻過墻子嶺，直打到兗州，在山東各地燒殺劫掠。聽說帶兵的頭子是奉命大將軍阿巴泰。這人是努爾哈赤的第七子，還是韃子皇帝的哥哥，他善能用兵，曾和滿清睿親王多爾袞打來過山東，對山東的情形是很熟悉的。」袁承志問道：「多爾袞打來過山東？」他潛心武學，於世事所知實甚有限。孫仲壽嘆道：「那是四年前的事了。那時盟主在華山學武，因此不知道。」見群雄正紛紛互相詢問，人心浮動，便站起身來，登上高處一塊大石，大聲道：「山下兄弟急報，清兵攻破青州，正向泰安而來。各位請繼續喝酒，盟主自有主張。」群雄中有人叫道：「大夥兒沖下山去，殺他媽的韃子兵。」又有人叫道：「韃子兵可欺侮得咱們狠了，這回非跟他拚個你死我活不可。」滿山轟叫，群情憤激。

孫仲壽回到袁承志身邊，說道：「盟主，眾兄弟都要去打韃子兵，你瞧怎樣？」袁承志道：「我爹爹一生盡忠報國，為的就是殺韃子。眼下韃子欺上門來，正好眾兄弟在此聚會，咱們就此下山去打。只是我於行軍打仗一道，全然不懂，還是請孫叔叔發令。」孫仲壽沉吟片刻，派了十幾個人出去查探清兵虛實，然後說道：「自從督師袁公被害，朝中無人，再也無力抗禦清兵了。崇禎九年六月，滿清頭子皇太極派了阿齊格、阿巴泰等大將攻進長城，直打到北直隸腹地。十一年，九王多爾袞率領阿巴泰等人又打到北直隸，忠臣盧象昇和孫承宗先後殉國。多爾袞那年還攻破了濟南，俘虜了我四十多萬百姓去。這一次又是阿巴泰這韃子將軍來。」袁承志道：「清兵怎地又不攻北京，只是攻打河北、山東各處？」孫仲壽道：「皇太極是很會用兵的。他派兵來河北、山東，其志不在占地，而是搶奪財物，殺人放火，摧破我中國的精華，要令得大明精疲力盡，然後再一舉而攻北京。當年他進攻北京，在袁督師手下吃了個敗仗，此後就不敢再攻京師。」

袁承志忽想：「闖王和各路義軍四下流竄，豈不是幫了韃子兵的大忙？」這句話卻不便出口，只心中隱隱覺得不安。孫仲壽道：「這些年來，韃子兵幾次三番的打來河北、山東，一路上勢如破竹，明兵從來沒打過一場勝仗，韃子兵將一定不把明兵放在眼裏。常言道驕兵必敗，咱們正好乘機殺殺他們的威風。從青州來泰安，錦陽關是必經之地。那裏地勢險要，咱們可在錦陽關設伏，狠狠的打一仗。」袁承志大喜，站起來說道：「眾位兄弟，咱們這就殺韃子兵去，今晚好好安睡，明日清晨下山。」群雄大聲吶喊：「殺韃子兵，殺韃子兵！」

次日清晨，袁承志和孫仲壽商議後，分遣群雄先後出發。約定四方埋伏，見到盟主中軍的黃色大旗高高豎起，便一齊向清兵衝殺。命水總兵帶同兩千名本部兵馬，打頭陣迎敵，生怕水總兵下山後變卦，派了焦公禮率同金龍幫的手下監視。要水總兵只許敗，不許勝，引誘清兵過來。水總兵所部兵甲器仗一應俱全，盡是明軍服色，實無半分破綻，至於打敗仗乃明兵家常便飯，更能盡展所長。

那錦陽關兩側雙峰夾道，只中間一條小徑。到第四日傍晚，耳聽得喊聲大作，眾明兵甩甲曳兵，從小徑奔來。水總兵跨下戰馬，手執大刀，親自斷後。過不多時，便見一群辮子兵蜂湧而來。袁承志伏在左峰的岩石之後，初次見到清兵，想起父親連年與韃子兵血戰，不由得全身熱血如沸，高舉金蛇劍，說道：「孫叔叔，咱們沖下去！」孫仲壽道：「等一會，待韃子兵大隊過來。那時咱們再豎起黃旗，四面伏兵齊起，清兵便走不脫了。」只聽得號角聲響起，大隊清軍騎兵沖到，數十多落後的明兵登時被刀砍槍刺，屍橫就地。袁承志心下不忍，說道：「快沖下去接應！」孫仲壽道：「還得等一會。」青青急道：「再不下去，我們的人要給他們殺光了。」孫仲壽道：「再等一會！」青青急得只是頓足。突然之間，右峰上喊聲大作，沙天廣率領山東各寨群盜，從山坡上殺將下來。孫仲壽叫道：「啊喲，不好！」袁承志道：「怎麼？」孫仲壽道：「清兵來的只是先鋒，這一來，就抓不到他們的元帥了。怎麼不見旗號，便自行動手了？」只見山東群盜一鼓作氣的殺入清兵陣中，跟著青竹幫、金龍幫，以及各處埋伏的群豪一時盡起，水總兵也帶同明兵回頭截殺。孫仲壽連聲嘆氣，說道：「當年袁公帶兵，部下若是這般不聽號令，自行殺敵，所有的大將一個個都非給袁公請出尚方寶劍斬了不可。」袁承志心下歉然，道：「都是我事先沒嚴申號令的不是。」孫仲壽安慰他道：「咱們這些英雄好漢，每個人武功都強，但直是一群烏合之眾，怎比得袁公當年在寧遠所練的精兵？盟主你也是無法可施的。唉，黃旗還沒豎起，大夥兒就亂糟糟的衝殺出去了，這哪裏是打仗，簡直是胡鬧！」不住的唉聲嘆氣，想起當年袁崇煥在寧錦帶兵時的號令嚴峻，十餘萬兵將無不肅然奉命，懊惱之中，又感心酸。青青道：「事已如此，嘆氣也無用了。承志哥哥，咱們動手吧！」袁承志早已心癢難搔，叫道：「好，大夥兒殺啊！」手執金蛇劍，沖下峰去。孫仲壽驚叫：「盟主，盟主！你是主帥，須當坐鎮中軍，不可親臨前敵……」叫聲未畢，袁承志展開輕功，早去得遠了，但見他疾沖入陣，金蛇劍揮動，削去了兩名清兵的腦袋。千餘名清兵擠在山道之中，難以結陣為戰。敵人沖到身前，弓箭也用不上了，被群雄四面八方的圍上攻打，不到一個時辰，已盡數就殲。清軍統帥阿巴泰得報前鋒在錦陽關中伏覆沒，當即率兵退回青州。

這一役雖然沒殺了阿巴泰，但聚殲清軍一千餘人，實是十餘年來從所未有的大勝。群雄在錦陽關前大叫大跳，歡呼若狂。袁承志瞧著金蛇劍上的點點血迹，心想：「此劍今日殺了不少韃子兵，才不枉了這劍身上的隱隱碧血！」

當晚袁承志、孫仲壽與朱安國、倪浩、羅大千等談到今日一場大捷，實可慰袁督師的在天之靈，都是不禁熱淚盈眶。孫仲壽以殺不了清軍元帥阿巴泰，兀自恨恨不已。袁承志道：「孫叔叔，咱們這批人，當真要打大仗是不成的。明日我北上，這些明軍官兵和別的弟兄們請你與朱叔叔、倪叔叔、羅叔叔各位好好操練，日後再碰上韃子兵，可不會再像今日這般亂殺一陣了。」孫仲壽等俱各奉命。

袁承志與青青並肩漫步，眼見群雄東一堆、西一堆的圍著談論，人人神情激昂，說的自都是日間的大勝。袁承志道：「咱們今日還只一戰，要滅了滿清韃子，尚須血戰百場，當真是：『慷慨同仇日，間關百戰時。』」青青道：「你這兩句詩做得真好。」袁承志微笑道：「我怎會做詩？這是爹爹的遺作。」青青嗯了一聲。袁承志嘆道：「我甚麼都及不上爹爹，他會做詩，會用兵打仗，我可全不會。」青青道：「你的武功卻一定比你爹爹強。」袁承志道：「我爹爹進士出身，沒練過武。但武功強只能辦些小事，可辦不了大事。」青青道：「也不見得，武功強，當然有用的。」袁承志突然拔出金蛇劍來，虛劈兩下，虎虎生風，說道：「對，青弟，我去刺殺韃子皇帝皇太極，再去刺殺崇禎皇帝，為我爹爹報仇。」

第十二回　王母桃中藥　頭陀席上珍

由於前回承志率領群雄大敗清軍，因此遇到鐵羅漢與胡桂南時，修訂版加入：

胡桂南道：「原來是七省盟主袁大爺，怪不得如此好身手。袁大爺率領群雄，在錦陽關大破韃子兵，天下無不景仰。」鐵羅漢道：「我先幾日聽到這消息，不由得伸手大打我自己耳光。」眾人愕然不解。青青道：「為甚麼打自己耳光？」鐵羅漢道：「我惱恨自己運氣不好，沒能趕上打這一場大仗，連一名韃子兵也沒殺到。」眾人又都被他逗得笑了起來。

第十三回　揮椎師博浪　毀炮挫哥舒

承志救安大娘，連載版有一段：

安大娘又驚又喜，但見他穿著錦衣衛服色，臉上又蒙了布，不覺疑慮不定，剛問得一聲：「尊駕是誰？」突然門外撲進兩隻毛茸茸、黑越越的大東西來，口中吱吱亂叫，直向承志身邊撲去。承志大驚，正要雙掌打出，忽然認出那是兩頭黑猩猩，雙足一點，又躍到了梁上。猩猩後面奔進五個人來，當先一人與安大娘招呼了一聲，愕然怔住。承志這時已認出那兩頭猩猩原來是自己在華山絕頂所收伏的畜生，心中大喜，叫道：「大威，小乖！」兩頭猩猩在門外早已聞到主人氣息，它們也是喜不自勝，躍到梁上，伸出四條長臂，抱住承志。進來的人見地下一漢血迹，一個屍身，而兩頭猩猩又是如此，十分驚異。

由於修訂版裏袁承志下山沒有帶金蛇劍和兩頭猩猩，所以修訂版刪除這段。

承志與李岩分別時，連載版：二人撮土為香，義結金蘭，承志拜李岩為兄；修訂版改為：李岩道：「兄弟，闖王大事告成之後，我和你隱居山林，飲酒為樂，今後的日子長著呢。」袁承志喜道：「若能如此，實慰生平之願。」

承志把所遇之事同大家說了，連載版：

袁承志回房之後，籌劃這次到北京來幹事的方略。他想：「第一大事是幫助闖王推倒明室，解天下百姓於倒懸；第二大事是狙殺崇禎，為先父報仇。以我武功，混入宮廷刺殺皇帝並非難事，但師父曾說，皇帝一死，權奸當國，建州夷虜必定乘機入關，所以必須等闖王義軍進逼京師的時候，才可報此大仇。那麼現在首要之事，當在儘量設法摧敗朝廷的根本，刺探明室虛實，讓闖王進軍時能多知敵情。」他方針已定，著枕安睡，把日間所見的怪屋置之腦後。

修訂版刪除。

第十四回　劍光崇政殿　燭影昭陽宮

本回全部為修訂版新增加的的內容，前文已有分析。

第十五回　纖纖出鐵手　矯矯舞金蛇

承志與眾人去找乞婆，連載版：

於是一拉程青竹的手，落後了數步，低聲道：「待會如見到乞婆，你且莫發怒，一切瞧我眼色行事。」程青竹神色不定，並不答應，忽道：「袁相公，我，我……我，身上很不舒服，要想回去休息。」承志大為奇怪，心想：「他是青竹幫的幫主，在北方武林中也是成名人，怎麼會臨陣退縮，畏懼起來？」當下也不說什麼，命洪勝海陪他先行回去，尋思這幾日來盡遇到詭秘怪異的事，倒要小心在意。

修訂版刪除並改為，由於程青竹傷病未愈，右臂提不起來，因此聽從承志勸告，在屋裏候訊。承志怕敵人乘機前來尋仇，命洪勝海留守保護。

接上文，眾人回住宅。連載版：程青竹道：「我今天到了誠王別墅之外忽然回來，各位一定覺得奇怪，不過我實在有難言之隱。」沙天廣笑道：「我跟你打過，知道你老當益壯，誰也沒說你怕死。」程青竹道：「我受人之托，立過重誓，有一件事決不能說。我不願走進誠王府別墅之內，就和這件事有關。」修訂版改為：程青竹道：「我跟五毒教從無瓜葛，不知他何以找上了我，真是莫名其妙。」

第十六回　石岡凝冷月　鐵手拂曉風

承志被何鐵手調虎離山劫走青青後回家，連載版說：首先見大威與小乖摟著啞巴，吱吱而叫，似乎無法可施。它們見承志回來，一擁上前，滿懷事情要訴，苦在說不出口。之後，鐵羅漢道：「三更時分，大威和小乖先發覺了敵踪，吱咕亂叫，把啞巴老兄扯上屋去。」由於修訂版前文已經刪除兩頭猩猩的情節，因此修訂版刪除這段，改為胡桂南首先發現了敵踪，把啞巴扯上屋頂。

承志點了五毒教數人穴道，修訂版加入：本來穴道被閉，儘管點穴手法別具一功，旁人難以解開，但過得幾個時辰，氣血流轉，穴道終於會慢慢自行通解。但袁承志這次點穴時使上了混元功，真力直透經脈，穴道數日不解，此後縱然解開，也要酸痛難當，十天半月不愈。那日他在衢州石梁點倒溫氏四老，使的便是這門手法。再次補充說明了承志的混元功。

第十七回　青衿心上意　彩筆劃中人

何紅藥敘述當年往事，修訂版加入：「你知道抓他的人是誰？」何鐵手道：「是衢州的仇家麼？」何紅藥道：「正是。就是剛才你見到的溫家那幾個老頭子。」何鐵手和青青同時「啊」的一聲。何鐵手是想不到溫氏四老竟與此事會有牽連，青青是聽到外公們來到北京而感驚詫。

青青惱恨承志，連載版：雙手拿任他手張口就咬，承志出其不意，險被咬中，急忙中一招「青鳳展翅」，一甩掙脫了手。修訂版改為：左手握住他手，右手狠狠抓了一把。袁承志全沒提防，手背上登時給抓出四條血痕，忙掙脫了手。

阿九吟詩兩個版本不同，連載版：「萬里春隨逐客來，十年花送佳人老，去年花開我已病，今年對花還草草。」修訂版改為：「青青子衿，悠悠我心。縱我不往，子寧不嗣音？青青子佩，悠悠我思。縱我不往，子寧不來？挑兮達兮，在城闕兮。一日不見，如三月兮。」修訂後阿九吟詩改為《詩經・鄭風》，比連載版的詩較準確的表達了阿九對袁承志的感情。

阿九與承志說話，修訂版加入：

「他老是說文武百官不肯出力，流寇殺得太少。我跟他說：流寇就是百姓，只要有飯吃，日子過得下去，流寇就變成了好百姓，否則好百姓也給逼成了流寇。我說：『父皇，你總不能把天下百姓盡數殺了！』他聽我這麼說，登時大發脾氣，說：『人人都反我，連我的親生女也反我！』我便不敢再說了，唉！」

借助阿九對父親崇禎的評論，側面表現了崇禎皇帝的孤僻性格，為後來其殘忍砍斷親生女兒的手臂做鋪墊。

程青竹的身世兩個版本表述不同，連載版說：程青竹在崇禎登基後，與曹化淳防備周密，後由於提袁崇煥喊冤而與皇帝力爭，被打了一巴掌，一怒出宮。由於程青竹只是一名侍衛，談論國事不妥；修訂版改為：不知怎的犯了罪要被皇上殺害，阿九半夜放了他，後得知是做幫主行刺皇上被抓。

第十八回　朱顏羅寶劍　黑甲入名都

承志入皇宮見到潰兵到處乘亂搶掠，修訂版加入：袁承志正行之間，只見七八名官兵拖了幾名大哭大叫的婦女走過，想起阿九孤身一個少女，不知如何自處，又想到她對自己的一番情意，誠摯深切，令人心感，但此生卻已無可報答，突然之間，內心湧起一陣惆悵，一陣酸楚。從官兵抓婦女想到阿九，修訂後因景生情。

第十九回　嗟乎興聖主　亦復苦生民

程青竹結局兩個版本不同，連載版說，程青竹自殺殉主，雖一番愚忠，但烈性也可憐可嘆，眾人購買棺木給其安葬：

三人同進內堂，忽見洪勝海奔出，面如土色，大叫：「不好啦，不好啦！」承志吃了驚問道：「什麼？」洪勝海氣急敗壞，只道：「程……程……程老夫子……」眾人一齊擁到程青竹房裏，那一驚真是非同小可，只見他跪在地下，身體僵硬，胸口插了一柄明晃晃的利刃。沙天廣怒道：「快拿刺客！」縱身躍出，胡桂南、何惕守等跟了出去。承志一探青竹鼻息，早已停止呼吸，身體冰冷，已死去多時，再俯身看利刃，見刀上縛了一張白紙，上書：「微臣同死，以殉吾主」八個大字，這才知道原來他是自殺殉主，想是他得知了崇禎崩駕的訊息，憶起舊日之情，於是自殺。這雖是一番愚忠，但烈性也殊可憫可嘆，承志不禁灑了幾點英之淚，命人追回沙天廣等人，購買棺木衣衾，給程青竹安葬。他是青竹幫一幫之主，葬儀本就不可草草，但這時京中大亂，也不能廣致賓客，只得即日成殮。承志與眾人向靈柩行禮已畢。

修訂版中程青竹並未自殺，由於青青失踪，承志等人要赴華山，承志讓焦宛兒和程青竹在京陪同阿九。

回敘青青離京，修訂版加入青青自傷自憐的感受：

青青自見袁承志把阿九抱回家裏，越想越是不對，阿九容貌美麗，己所不及，何況她是公主，自己卻是個來歷不明的私生女，跟她天差地遠，袁承志自是非移情別愛不可。若不是愛上了她，怎會緊緊地抱住了她，回到了家裏，在眾人之前兀自捨不得放手？後來又聽人說道，李自成將阿九賜了給袁承志，權將軍劉宗敏喝醋，兩個人險些兒便在金殿上爭風打架，說到動武打架，又有誰打得過他？自然是他爭贏了。崇禎是他的殺父大仇，他念念不忘的要報仇，可是阿九隻說得一句要他別殺她爹爹，他立刻就乖乖的聽話。「我的言語，他幾時這麼聽從了？只有他來罵我，那才是常事。」思前想後，終於硬起心腸離京，心裏傷痛異常，決意把母親骨灰帶到華山之巔與父親骸骨合葬，然後在父母屍骨之旁圖個自盡，想到孑然一身，個郎薄幸，落得如此下場，不禁自傷自憐。

連載版中，兩頭猩猩由於被承志帶離華山，所以連載版說：

　兩頭猩猩突然吱吱亂叫，猛往山壁上竄去。崔希敏道：「不好，猩猩要逃！」拔足要追，承志道：「這是它們的故居，既然要走，由它們去吧！」但這對猩猩畜養已久，它們臨去時竟無一點惜別留戀之意，倒也頗出意外，凝望著它們越爬越高，身形越來越小，心中頗為感慨。

修訂版裏，兩頭猩猩沒有被帶走，因此改為：

忽然間樹叢裏撲出兩頭猩猩，一齊緊緊摟住了袁承志。崔希敏大吃一驚，叫道：「啊喲，不好！」伸拳便打。袁承志笑道：「大威，小乖，你們好！」伸手輕輕格開崔希敏打來的一拳。兩頭猩猩突然吱吱亂叫，放開了袁承志，猛往山壁上竄去。崔希敏道：「是小師叔養的嗎？糟糕，猩猩生氣了！」眼見兩頭猩猩越爬越高，身形漸小。袁承志心道：「大威、小乖定是藏著甚麼好東西，見我回來，要取出來給我。」

第二十回　空負安邦志　遂吟去國行

本回修訂地方在前文已做分析。